I0761389

Cuentos completos

Seix Barral Biblioteca Breve

Luis Rafael Sánchez
Cuentos completos

Selección e introducción de
Efraín Barradas

Bajo el sello editorial SEIX BARRAL M.R.
Avenida Presidente Masarik núm. 111,
Piso 2, Polanco V Sección, Miguel Hidalgo
C.P. 11560, Ciudad de México
www.planetadelibros.us

Primera edición impresa en esta presentación: octubre de 2025
ISBN: 978-607-39-3165-6

Impreso en los talleres de Impregráfica Digital, S.A. de C.V.
Av. Coyoacán 100-D, Valle Norte, Benito Juárez
Ciudad De Mexico, C.P. 03103
Impreso en México - *Printed in Mexico*

ÍNDICE

Cuentos de aprendizaje

INTRODUCCIÓN
«¡El cuento no es el cuento! El cuento es quien lo cuenta»: Apuntes sobre la cuentística de Luis Rafael Sánchez

Efraín Barradas

I. Antologías

El cuento ha tenido un cultivo privilegiado en las letras puertorriqueñas. Luis Rafael Sánchez mismo así lo afirma:

> Si en algún punto de opinión hay unanimidad crítica dentro del marco referente a la literatura puertorriqueña contemporánea es en la afirmación llana

de que el cuento es el género cultivado con mayor eficacia...

La frecuencia con que han aparecido antologías que recogen muestras de este género lo confirma. Por ello, creo que es conveniente examinar algunas para establecer un contexto en el cual colocar los cuentos de Sánchez. Son múltiples y no es mi intención comentarlas todas; solo examinaré las que han tenido una importancia especial en el desarrollo del género en nuestras letras.

La primera antología a destacar es la que en 1957 preparó Concha Meléndez. En *El cuento*, Meléndez, apoyándose en la teoría de las generaciones, construye un amplio esquema sobre el cultivo del género en la isla. Ha servido de base y punto de partida para muchos otros estudios. Meléndez delinea una historia del cuento puertorriqueño que va desde mediados del siglo XIX a la primera mitad del XX. No es hasta que en 2013 y 2015, cuando Marta Aponte Alsina publica los dos tomos de sus *Narraciones puertorriqueñas*, que se amplía este esquema. Pero, como apunta la misma Aponte, las «aportaciones [de Meléndez] al estudio del cuento puertorriqueño siguen siendo iluminadoras».

En 1959 René Marqués publicó *Cuentos puertorriqueños de hoy*, antología donde recoge solo cuentos de la llamada Generación del Cuarenta, grupo al que él mismo pertenece. La dedicatoria del libro es reveladora: «A José Luis González, pionero de la promoción de cuentistas de 1940. / A Concha Meléndez, primera estudiosa de nuestra literatura que dio beligerancia a la obra cuentística de dicha promoción». Esta dedicatoria revela, por un lado, el reconocimiento de la labor de este escritor y de esta estudiosa y, por otro, el tímido empeño del antólogo por romper con el empleo de la categoría crítica de generación. Marqués usa indistintamente en su prólogo las palabras «generación» y «promoción», aunque da preferencia a la segunda.

Más importante aún es su selección de cuentistas. González, Marqués, Pedro Juan Soto y Emilio Díaz Valcárcel son los más importantes entre los incluidos. Aunque en su obra se evidencian rasgos individuales, comparten ideas y acercamientos que los relacionan y hasta los unen. En su prólogo, Marqués, muy agudamente explora estos elementos compartidos. Por un lado, apunta el impacto de ciertos pensadores en ellos: Freud, Marx, Camus son los más notables. Por otro, reconoce la huella de narradores extranjeros: Hemingway, Faulkner y Quiroga, entre otros. Pero lo más importante que apunta Marqués sobre el grupo es «la superación del costumbrismo». Por ello, establece que estos escritores han cambiado la acción de sus cuentos «del campo a la ciudad». Este rasgo es central para entender el giro que se dio con estos escritores y en los que les siguen, especialmente en Sánchez.

En las letras puertorriqueñas en general, no solo en el cuento, había dominado una interpretación de la cultura nacional asentada en el campesino, en el jíbaro. Emilio S. Belaval, figura clave de la llamada Generación del Treinta, se acercaba a este tema desde una perspectiva irónica, como su obra maestra, *Cuentos para fomentar el turismo* (1946), hace evidente. Pero, a pesar de ello, Belaval no abandona el jibarismo. En cambio, ya hasta los títulos de algunos de los libros de los escritores que se agrupan en la antología de Marqués apuntan claramente al distanciamiento de esa temática y al cambio de ambientación de sus cuentos: *El hombre en la calle* (1948) de González y *En una ciudad llamada San Juan* (1960) de Marqués evidencian estos cambios.

La antología de Marqués fue muy popular y tuvo varias ediciones. Quizás esto explique por qué fue hasta 1983, veinticuatro años más tarde, cuando aparecieron dos nuevas antologías del cuento, que confirmaron un cambio en el desarrollo del género. José Luis Vega publicó ese año *Reunión de espejos*, y yo publiqué *Apalabramiento: diez cuentistas puertorriqueños de hoy*. Todos los cuentistas incluidos en *Apalabramiento* aparecen en *Reunión de espejos*. Vega incluye otros tres, pero las coincidencias entre las dos antologías son marcadas. Es que ambos estábamos convencidos de que ya había aparecido un nuevo cuento en la isla, cuento que se alejaba de la producción de los escritores que formaban el grupo de Marqués.

Tanto a Vega como a mí nos interesaba ver qué unía a los cuentistas que agrupábamos. Por ello, Vega comienza el prólogo a su antología con las siguientes imágenes que nos remiten al título de su antología y a la postulación de una nueva estética:

> El texto es el espejo. La escritura dibuja y redibuja el rostro histórico de la realidad. El rostro siempre es uno y otro. Su perfil ideológico se forma sobre lunas cambiantes. El rostro en el espejo. Así toda escritura: espejo sobre espejo.

Por mi parte, yo me valía de una palabra no recogida en el Diccionario de la Real Academia Española, *apalabramiento*, como clave para apuntar al compromiso de los cuentistas incluidos en el texto. Así lo hacía por diversas razones. Una era porque el término servía para apuntar al compromiso de estos cuentistas, un compromiso estructurado por medio del lenguaje: a palabra miento. Veía también, y sobre todo, que ese compromiso se daba por medio de una creación que no necesariamente reflejaba fielmente la realidad de la que se partía, pero que siempre se tenía conciencia de ella. Por ello, los cuentistas incluidos podían exclamar: ¡Ah, palabra, miento!

Tanto Vega como yo recalcábamos la conciencia estética de los autores que agrupábamos. Veíamos que estos partían de nuestra lengua popular, pero lo hacían no con una intención testimonial, como era el caso de los escritores anteriores. Partir de esa lengua pero sin caer en el costumbrismo, sino al contrario: partir de ella para crear un lenguaje profundamente consciente de sí mismo y de su recóndita calidad estética es un elemento común en los cuentistas incluidos. Este rasgo lo propuso primero que ninguno otro Sánchez. Aunque este elemento ya lo hallábamos en los cuentos de Emilio S. Belaval, en Sánchez y sus seguidores el mismo se intensifica. Pero «elaborar una lengua artística a partir de las modalidades dialectales del habla popular puertorriqueña», como apunta Vega, es una forma de combatir el prejuicio que hemos sufrido los puertorriqueños. Para muchos otros hispanoparlantes el español nuestro no es vehículo idóneo para la expresión estética porque creen que hablamos un español endeble. Los cuentistas incluidos en las dos antologías, sin declararlo abiertamente, se proponían demostrar la falsedad de ese prejuicio al crear un elaborado y complejo lenguaje a partir de nuestra lengua de todos los días.

Otra importante coincidencia en las dos antologías es declarar la obra de Sánchez como punto de arranque de esta nueva cuentística. Aunque no todos los escritores incluidos en estas escriben a partir de un lenguaje parecido al suyo, fue Sánchez quien más se despegó de la estética establecida por los cuentistas de la antología de Marqués y quien, a la vez, sirvió de puente entre estos y los nuevos cuentistas. Por ello, Emilio Díaz Valcárcel lo llama «adelantado de la nueva generación [y] vínculo entre la Generación del Cuarenta y la siguiente».

Reunión de espejos y *Apalabramiento* certificaron el nacimiento de esta nueva cuentística y de Sánchez como su promotor. Así, ambas antologías agruparon y definieron ese nuevo grupo. Está por explorarse si ya hay otro más reciente. El mismo Sánchez, en una reciente columna periodística, «Verbos sonoros: Espiar», ofrece una breve lista de nuevos cuentistas de mérito que innovan el cuento: Luis Negrón, Vanessa Vilches, Cezanne Cardona, entre otros. Quizás ya la antología del cuento de Mara Pastor, *A toda costa: narrativa puertorriqueña reciente* (2018), confirme la existencia de ese nuevo grupo de cuentistas. Pero estos nuevos narradores también se enfrentan a la difícil tarea de crear en un ámbito lleno de obstáculos. Por ello, Pastor apunta que «… la narrativa puertorriqueña se escribe *a toda costa*, a como dé lugar, desde muchas orillas, a pesar del costo, con todo el costo». Sus palabras vuelven a recalcar el compromiso, el apalabramiento, de los cuentistas boricuas, los jóvenes y los ya no tanto.

II. Crítica

Cuando apareció en 1966 la colección de cuentos de Sánchez, *En cuerpo de camisa*, esta recibió muy poca atención crítica. El hecho no debe extrañar ni debe tomarse como indicio del valor del libro ya que en Puerto Rico no existe una crítica periodística consecuente que mantenga al público al tanto de las novedades literarias. Por ello, la gran mayoría de los libros que se publican no se comentan. Esto no quiere decir que el libro de Sánchez no se leyera. Que se leyó da constancia el hecho que cinco años después se publicó una segunda edición. Apareció una tercera en 1975, una cuarta en 1984, una quinta en 1990 y una sexta en 2002. A esta secuencia de ediciones hay que apuntar dos hechos importantes. La cuarta recoge tres cuentos que no aparecían en las anteriores, y en 1997 se incluye *En cuerpo de camisa* en la serie «Periolibro», colección que publicó libros completos o fragmentos de libros en forma de suplemento periodístico en 23 países de América Latina. La serie, coordinada por la UNESCO y el Fondo de Cultura Económica, quería facilitar a los lectores latinoamericanos obras de importancia, como textos de Borges, Paz, Cortázar, Monterroso y otros, por medio de un suplemento periodístico. La colección de cuentos de Sánchez fue la contribución puertorriqueña a ese importante esfuerzo de difusión de las letras latinoamericanas.

Pero poco a poco la crítica les ha ido prestando mayor atención a los cuentos de Sánchez. La primera en hacerlo fue Luce López-Baralt. Sorprende su breve reseña porque en ella ya apunta rasgos claves de toda la obra de Sánchez. López-Baralt destaca el protagonismo del lenguaje en estos textos: «Hay un dominio extraordinario de la lengua, una desbordante imaginación fecunda en giros sorprendentes, una gran seguridad estilística». También pronostica la importancia que tendrá *En cuerpo de camisa*: «Se perfila, pues, un brillante porvenir para este libro [...] que marcará un hito en la cuentística puertorriqueña». Y no se equivocaba.

Juan Martínez Capó, crítico literario del más importante periódico boricua del momento, reseñó *En cuerpo de camisa* dos años después de su aparición. Su comentario ofrece una visión amplia del libro y destaca también un innovador manejo lingüístico. Pero la contribución mayor de Martínez Capó es la identificación de «las tangencias con los [cuentos] de Emilio S. Belaval». Esta es una clave importantísima que queda confirmada si prestamos atención a *Fabulación e ideología en la cuentística de Emilio S. Belaval* (1979), texto de Sánchez que fue originalmente su tesis doctoral. Este estudio académico claramente confirma el parentesco que el mismo Sánchez establece entre su obra y la de Belaval. Tal es la afinidad que Sánchez establece entre el escritor mayor y él mismo, que he dicho al comentar este estudio, que su retrato es un autorretrato: Sánchez se presenta casi de cuerpo entero al comentar los cuentos de su maestro.

Aunque posteriormente aparecen otros comentarios sobre *En cuerpo de camisa*, destaco el de Mariano A. Feliciano Fabre, ya que sirvió de prólogo a la cuarta edición y las posteriores. Feliciano Fabre hace un breve recuento de las ediciones anteriores y apunta que en la segunda (1971) se añade un cuento, «La malamañosa». En la cuarta edición (1984) se añaden tres cuentos más. El prólogo de Feliciano Fabre vuelve a resaltar la importancia del manejo de un lenguaje innovador que toma como base la lengua popular. Pero su interés se centra en los personajes que muchas veces parece ver con rasgos que le atribuyen existencia más allá del texto mismo. Tras su comentario, Feliciano Fabre señala que Sánchez es «uno de los narradores verdaderamente importantes de la circunstancia americana».

En 1976 apareció *La guaracha del Macho Camacho*, novela que le trajo reconocimiento internacional a Sánchez y que cambió la manera en que leíamos toda su obra. Por ello mismo titulé el texto donde examinaba sus cuentos «Preludio a *La guaracha...*». En este, releía *En cuerpo de camisa* a la luz de esta novela y apuntaba las raíces de la novela en los cuentos. Recordemos que en 1969 Sánchez publicó uno titulado «La guaracha del Macho Camacho y otros sones calenturientos», cuento que es la semilla y la síntesis de la novela.

Hasta el momento, el estudio más abarcador y detallado de la cuentística de Sánchez es el libro de Carmen Vázquez Arce, *Por la vereda tropical: Notas sobre la cuentística de Luis Rafael Sánchez* (1994). En él la autora comenta los cuentos desde nuevas perspectivas críticas. Vázquez Arce, como los anteriores comentaristas, apunta la importancia de la creación de un lenguaje propio a partir de la lengua popular. Además, señala que «[e]l humor y la parodia son elementos fundamentales en la propuesta de Sánchez sobre una literatura de ruptura». Estos dos elementos son los fundamentos para crear «una literatura menos evidente, más compleja y barroca en su hechura». También destaca la alegría y vitalidad que Sánchez halla en la cultura antillana, especialmente en sus raíces africanas. Apunta el importante impacto en su obra de la radio, el teatro y el cine, particularmente en el de Fellini. Por todo ello, no cabe duda de que este es el estudio más completo de la cuentística de Sánchez.

III. Teoría

Parto de que el cuento ha sido un género importante en la literatura puertorriqueña y de que Sánchez ocupa un puesto privilegiado en ese contexto. Dadas estas dos afirmaciones hay que preguntarse cómo define Sánchez el cuento, cómo caracteriza este género de importancia para las letras boricuas en general y para su obra en particular.

Sánchez no ha producido un texto donde directamente responda a la pregunta. Para hallar su concepto del cuento tenemos que leer entre líneas en textos suyos. Las claves más precisas nos las da en su estudio sobre Emilio S. Belaval. En él define el cuento en general y aplica esa definición a los de su maestro:

> Como género literario el cuento se sostiene sobre unas exigencias de intensidad, brevedad y efectivo ramalazo psicológico de difícil consecución. La economía presentativa, la selección cuidadosa de los rasgos imprescindibles para configurar el personaje, los apuntes mínimos sobre el paisaje, la creación de la atmósfera por el procedimiento de la síntesis, la organización esmerada de los materiales para la estructura sea una aceptable y proporcionada, suponen un talento particular que no necesita ratificación por la vía de la creación novelística.

Se hace obvio que en esta definición domina un rasgo: la concreción. Para Sánchez todos los elementos que componen el cuento —personaje, paisaje, atmósfera, estructura— tienen que estar marcados por la brevedad.

Esta concepción, en términos generales, coincide con la que se ha dado para el cuento clásico moderno. En ella se puede ver el peso de las ideas de Juan Bosch expuestas en su *Apuntes sobre el arte de escribir cuentos* (1958), texto que Sánchez emplea como herramienta para su estudio sobre Belaval. Pero tras la definición de Bosch se hallan las ideas de Quiroga y las de Poe y las de Maupassant. En otras palabras, el cuento para Bosch se apoya en la definición del cuento moderno. De esta definición Sánchez se vale para estudiar los cuentos de Belaval, pero no es la que siempre emplea para elaborar todos los suyos.

Viene al caso recordar que Bosch fue uno de los primeros comentaristas de los cuentos de Belaval y que aplicó sus estrictas normas sobre el género para comentar los de su amigo puertorriqueño. En julio de 1940 el cuentista dominicano publicó un ensayo sobre los cuentos de Belaval que habían ido apareciendo en revistas sanjuaneras y que más tarde recogió en su obra maestra, *Cuentos para fomentar el turismo* (1946). Bosch defiende una visión muy estricta y limitante del cuento. Para él la técnica es la clave del cuento: «el dominio de la técnica lo dan el estudio de los maestros y la dedicación al oficio». Por ello, podemos establecer una cadena que va de Bosch a Belaval a Sánchez. Pero hay que señalar que nuestro autor altera un tanto la definición de los dos cuentistas anteriores, a pesar de que respeta y admira su producción.

Para Sánchez es el narrador, no la técnica, la pieza central para definir el cuento. Por ello, podemos hallar su definición del género en las palabras de uno de los personajes de la que es posiblemente su obra teatral más importante, *Quíntuples* (1985). Este, con un gran sentido del humor y de manera indirecta, ofrece una definición propia del cuento, definición que sirve para caracterizar los relatos de Sánchez mismo:

> Así es como se improvisa, inventando la peripecia sobre la marcha, dejando que el cuento se construya a sí mismo, ajustando un nudo que amarro regularmente, reservando el buen golpe que deja aturdido a quien escucha, observa y se interesa. ¡El cuento no es el cuento! El cuento es quien lo cuenta.

Esta visión del cuento encuadra en cierta medida con la clásica propuesta por Bosch, pero introduce un elemento de libertad e improvisación que no aparece en la que proponía el cuentista dominicano. La lectura de algunos cuentos de Sánchez muestra que este a veces sigue las normas del cuento clásico —pienso en «Tiene la noche una raíz»—, pero en otros el proceso defendido por el personaje de *Quíntuples* es el que sustenta la narración. «Los desquites», por ejemplo, sería un buen ejemplo. Otros, como «Etc.» y «Ojos de sosiego ajeno», pueden leerse como exposición del arte del cuento en el cuento mismo. No cabe duda, pues, que Sánchez ha meditado detenidamente sobre el arte de contar.

IV. Cuentos

La producción cuentística de Sánchez es relativamente escasa. Ha publicado un total de 23 cuentos, pero su única antología ha tenido gran impacto y, además, sus cuentos están fuertemente relacionados con el resto de su obra. Por ello, y por el valor intrínseco de estas narraciones, es que merecen atención especial.

Sánchez publicó su primer cuento, «El trapito», en 1957 cuando comenzaba sus estudios universitarios; con el mismo ganó un premio en un certamen estudiantil. Este, y los otros cuatro cuentos que publicó antes de la aparición de *En cuerpo de camisa*, son piezas de aprendizaje que no evidencian los rasgos que caracterizarán su obra de madurez y que, sobre todo, están muy marcadas por dos escritores mayores que eran sus modelos del momento: Abelardo Díaz Alfaro y René Marqués. Del primero el joven Sánchez toma la presentación de lo nacional a través de símbolos —la bandera en «El trapito» y el gallo de pelea en «Espuelas»— que repiten un esquema simplista y frecuentemente empleado en la defensa de lo nacional. El influjo del existencialismo que marca muchos de los cuentos de Marqués se nota en «La espera» (1957) y «Retorno» (1959). Hasta podemos leer «Destierro» (1959) como una secuela de «Purificación en la Calle del Cristo» (1958) de Marqués. Y como Marqués hace con este cuento que convierte en obra de teatro, *Los soles truncos* (1970), Sánchez parte de «La espera» para escribir en 1960 una pieza teatral con el mismo título.

No conocemos la fecha de creación de todos los cuentos de *En cuerpo de camisa*. Pero sabemos que el primero que publicó antes de la aparición de la colección, solo un año después de la publicación del último de los cuentos que llamo de aprendizaje, fue «Aleluya negra» (1961). Por sus marcados cambios estilísticos y temáticos, lo podemos considerar el primer cuento de madurez del autor. Vale observar, por ejemplo, que aquí se trata directamente la temática de la cultura afrocaribeña, lo que acerca el cuento a la poesía de Luis Palés Matos. Hallamos en

«Aleluya negra» una expresión de orgullo de la negritud, tema que será central en su obra. Por ello, la deidad que aparece en este cuento es «Bacumbé, dios de garabato y embeleco que lo mismo cura el empacho que jeringonza la oración, un dios chistoso que destila aguardiente, dios hermosamente negro, benditamente negro, maravillosamente negro». Como veremos, la exaltación de lo negro y de otros rasgos culturales marginados será constante en la obra de Sánchez.

La oralidad, no solo expresada por los personajes sino por la voz narrativa misma, ya evidencia otro rasgo que definirá la narrativa de Sánchez: el empleo de las voces del pueblo como base para la creación de una lengua compleja e innovadora. Es por todo ello por lo que «Aleluya negra» es el cuento que abre la puerta a la producción de madurez del autor.

Mucho de lo dicho sobre este cuento se puede aplicar a todos los once que componen la primera edición de *En cuerpo de camisa*. En ellos hallamos personajes urbanos marginados («Que sabe a paraíso»). Con esos personajes llega al texto el lenguaje popular urbano. Así, en el discurso de algunos de estos aparecen trasgresiones a la lengua estandarizada. También aparecen frecuentemente palabras inventadas por el autor. Por ejemplo, «Etc.» cierra con una expresión imposible de entender para un lector no puertorriqueño y hasta para un boricua de hoy, ya que se basa en una expresión del momento cuando se creó la obra. El narrador y protagonista del cuento se tilda a sí mismo, sin saber que así lo hace, de «Mapepe, soruma, cabrón, William Pen [*sic*]». Ser un William Penn en el momento en Puerto Rico era ser «pendejo», ya que, por no pronunciar esta palabra vulgar, se jugaba con la frase «William Penn dejó la escuela».

Este es un ejemplo único en estos cuentos que se caracterizan —eso sí— por la adopción de la lengua popular para crear una expresión propia del autor y de rasgos neobarrocos. No se trata de presentar el lenguaje de los personajes como algo distinto y separado del de la voz narrativa. Por ello mismo las múltiples palabras inventadas sirven, muchas veces, para impartir un sentido de humor a las narraciones. Ese humor, que el autor caracteriza como «corrosivo» y que muchas veces es irónico y hasta hiriente —tómese por ejemplo «La maroma»—, es innovador en nuestra narrativa, que tendía a ser seria y hasta solemne.

El humor en Sánchez puede ser desacralizador. Por ello mismo se adoptan fórmulas litúrgicas —«Ejemplo del muerto que se murió sin avisar que se moría», «Que sabe a paraíso»— en las que expresiones vulgares suplantan las religiosas. Esas adaptaciones de la liturgia se dan frecuentemente por la repetición de frases como si fueran letanías, y estas, muchas veces dichas por un coro de voces, contribuyen a impartir musicalidad a la prosa, musicalidad y hasta poesía.

La sexualidad es temática frecuente en estos cuentos. Pero no es una sexualidad sublimada —excepto en «Memoria de un eclipse»—, sino franca y hasta desembarazada, como se puede ver en «Tiene la noche una raíz» y «¡Jum!». Los personajes de estos dos cuentos son una prostituta mulata, en el primero, y un homosexual negro, en el segundo. Recordemos que el tema central de «Aleluya negra» es la iniciación sexual de una joven negra. Pero esta es una sexualidad abierta, desenfadada y hasta festiva. Para algunos comentaristas la identificación de negritud y sexualidad es problemática. Pero la sexualidad que se puede tildar de aberrante solo se da en «Etc.», cuyo protagonista es un hombre aparentemente blanco y miembro, por imposición de su esposa, de una secta fundamentalista.

En cuerpo de camisa, como conjunto, es un texto de rupturas y de promesas. Se rompe con los parámetros estéticos e ideológicos de la cuentística anterior y se abren las puertas a una visión más franca de las clases populares boricuas. La antología cabe perfectamente bien en el contexto estético que el propio Sánchez ha propuesto, lo que él ha llamado «poética de lo soez». Sobre todo, a través del ejemplo tomado de los *Cuentos para fomentar el turismo* de Emilio S. Belaval y de la poesía de Luis Palés Matos, la colección se enlaza al contexto literario puertorriqueño anterior a la vez que es la promesa de obras de madurez y valor, sobre todo por la creación de una lengua que toma como base el lenguaje popular, pero lo mezcla con el formal, el culto y hasta el erudito.

Tras la primera edición de *En cuerpo de camisa* Sánchez publicó siete cuentos. En la segunda edición incorpora uno de estos, «La malamañosa» (1965). En ediciones posteriores incorpora otros tres: «Los negros pararon el caballo» (1972), «Responso por un bolitero de la 15» (1972) y «Los desquites» (1983). Quedan sin recoger en la colección tres más: «La guaracha del Macho Camacho y otros sones calenturientos» (1969), «Novelita rosa sin anuncio de pasta dental» (1973) y «Ojos de sosiego ajenos» (1975).

Aunque en estos cuentos incorporados posteriormente existen elementos que también encontramos en los relatos originalmente publicados, creo que en sus diferencias se halla una nueva unidad narrativa.

En algunos se abandona la estructura del cuento clásico —«Ojos de sosiego ajeno» es el más drástico en ese sentido y, por ende, el más raro de todos los suyos—, lo que también ocurre en «La malamañosa». «Responso por un bolitero de la 15» y «Novelita rosa sin anuncio de pasta dental» se mantienen más cercanos a los cuentos anteriores a través del empleo de personajes y de lenguajes populares. También lo hace «La guaracha del Macho Camacho y otros sones calenturientos», cuento que es en verdad una síntesis de su primera novela. En «Los desquites», el último cuento que ha publicado, vuelve al tema de la negritud y la sexualidad. En «Los negros pararon el caballo» vuelve al tema de la negritud, pero ahora visto desde una perspectiva política, ya que se basa en el Haití de Baby Doc.

V. Trascendencia

¿Por qué son de importancia los cuentos de Sánchez? ¿Qué trascendencia tiene su producción cuentística? ¿Qué aporta a las letras puertorriqueñas, a las caribeñas, a las hispanas? Muchas y de diverso carácter son las respuestas que se pueden dar a estas preguntas. Apunto algunas, consciente que con el tiempo se darán otras que negarán o matizarán las que ahora ofrezco.

De inmediato hay que señalar que los cuentos de Sánchez, particularmente los que forman la primera edición de *En cuerpo de camisa*, abrieron puertas a otros escritores puertorriqueños. Sin prestar atención a estos cuentos no se pueden entender los de los autores más jóvenes que de manera más o menos directa siguieron los caminos abiertos por él: Ana Lydia Vega, Tomás López Ramírez, Rosario Ferré, Luis Negrón, Yolanda Arroyo Pizarro, entre otros. Con su ejemplo, Sánchez los animó a que exploraran temas antes silenciados o escamoteados, como la negritud y la sexualidad. También abrió las puertas al empleo de personajes de grupos marginados, vistos no como casos de interés sociológico sino como base para crear una obra literaria de validez.

Los cuentos de Sánchez sirven también de puente o de enlace con las letras caribeñas. La estética que sustenta sus cuentos lo emparenta con otros escritores antillanos que también crean a partir de una estética neobarroca. Pero hay que advertir que, a pesar de esa fuerte relación, Sánchez siempre mantiene un acercamiento que se basa en su «estética de lo soez» y en un estilo de rasgos muy propios. Por ello, sus cuentos y su obra en general sirven para definir una nueva corriente neobarroca boricua, que he llamado el «neobarroqueño».

Pero, sobre todo, no cabe duda de que uno de los grandes méritos de estos cuentos de Sánchez es la creación de un lenguaje muy suyo pero que se basa en la lengua popular y con el cual crea un sofisticado estilo que sirve para combatir y hasta desmentir el mito de la pobreza de la lengua de los puertorriqueños.

Por todo ello podemos afirmar que Sánchez, con sus cuentos y con la totalidad de su obra, ha hecho una contribución mayor y ejemplar a las letras puertorriqueñas, a las caribeñas y a la hispánica en general.

Obras consultadas

Aponte Alsina, Marta, ed. *Narraciones puertorriqueñas I.* Caracas: Biblioteca Ayacucho, 2013.

_____. *Narraciones puertorriqueñas II.* Caracas: Biblioteca Ayacucho, 2015.

Barradas, Efraín. *Para leer en puertorriqueño: Acercamiento a la obra de Luis Rafael Sánchez.* San Juan: Editorial Cultural, 1981.

_____, ed. *Apalabramiento: Diez cuentistas puertorriqueños de hoy.* New Hampshire: Ediciones del Norte, 1983.

_____. «Cuerpo que desgarra su camisa». *Cupey* 3, núm. 2 (1986): 27-33.

_____. «El retrato como autorretrato o Luis Rafael Sánchez lee a Emilio S. Belaval». *Iberoamericana* 21, núms. 67-68 (1997): 120-132.

Bosch, Juan. «Apuntes sobre el arte de escribir cuentos». En *Cuentos selectos,* 1-19. Caracas: Biblioteca Ayacucho, 1993.

_____. «Emilio S. Belaval, cuentista de Puerto Rico». *Caudal: Revista trimestral de letras, artes y pensamiento* 4, núm. 15 (2005): 20-23.

Díaz Valcárcel, Emilio. «Apuntes sobre el desarrollo histórico del cuento literario puertorriqueño y la Generación del Cuarenta». *Revista del Instituto de Cultura Puertorriqueña* 44 (abril-junio de 1969): 11-17.

Feliciano Fabre, Mariano A. «Cuentos de asedio y soledad». En Luis Rafael Sánchez, *En cuerpo de camisa.* Río Piedras: Editorial Cultural, 1984.

López-Baralt, Luce. «De Luis Rafael Sánchez, *En cuerpo de camisa*». *El Mundo,* 5 de agosto de 1967, 30.

Marqués, René, ed. *Cuentos puertorriqueños de hoy.* San Juan: Club del Libro de Puerto Rico, 1959.

Martínez Capó, Juan. «Luis Rafael Sánchez, *En cuerpo de camisa*». *Puerto Rico Ilustrado/El Mundo,* 9 de marzo de 1968, 24.

Meléndez, Concha, ed. *El cuento.* San Juan: Ediciones del Gobierno-Estado Libre Asociado de Puerto Rico, 1957.

Pastor, Mara, ed. *A toda costa: narrativa puertorriqueña reciente.* Ciudad de México: Elefanta Editorial, 2018.

Sánchez, Luis Rafael. *En cuerpo de camisa.* San Juan: Ediciones Lugar, 1966.

_____. *En cuerpo de camisa.* Río Piedras: Editorial Antillana, 1971.

_____. *En cuerpo de camisa.* Río Piedras: Editorial Cultural, 1984.

_____. *En cuerpo de camisa. Diálogo/Periolibro*, marzo de 1997.

_____. *La guaracha del Macho Camacho.* Buenos Aires: Ediciones de la Flor, 1976.

_____. *Fabulación e ideología en la cuentística de Emilio S. Belaval.* San Juan: Instituto de Cultura Puertorriqueña, 1979.

_____. *Quíntuples.* New Hampshire: Ediciones del Norte, 1985.

_____. «Verbos sonoros: Espiar», *El Nuevo Día* (San Juan), 22 de febrero de 2025. https://www.elnuevodia.com/opinion/verbos-sonoros/espiar/. Consultado el 23 de febrero de 2025.

Vázquez Arce, Carmen. *Por la vereda tropical: Notas sobre la cuentística de Luis Rafael Sánchez.* Buenos Aires: Ediciones de la Flor, 1994.

Vega, José Luis. *Reunión de espejos.* Río Piedras: Editorial Cultural, 1983.

Agradecimientos

Carmen Vázquez Arce, la mayor estudiosa de la cuentística de Sánchez, muy generosamente compartió conmigo información sobre el tema y copias de cuentos de difícil acceso. Miguel Ángel Náter, director del Seminario Federico de Onís de la Universidad de Puerto Rico, también me facilitó copia de algunos de los primeros cuentos del autor. Ignacio Rodeño, de la Universidad de Alabama, me ayudó grandemente en el proceso de digitalización de los cuentos para esta edición. A los tres les triplico el agradecimiento por su ayuda. Debía quedar sin decir, por su obviedad, pero lo digo: a Luis Rafael Sánchez le estoy —le estamos— más que agradecido por darnos estos 23 cuentos y el resto de su obra.

NOTA AL LECTOR

El orden en que aparecen los cuentos en este volumen es en gran medida cronológico. Pero los primeros cinco que Sánchez escribió y publicó se incluyen como un apéndice, ya que no representan el estilo ni los logros de su obra de madurez. Abrimos el volumen con los cuentos que forman su única colección de cuentos, *En cuerpo de camisa* (1966), pero no se sigue el orden en que aparecen en esta. Se disponen aquí primero, por cronología, los siete cuya fecha de publicación conocemos. Les sigue el resto de los que se recogen en la colección, cuya fecha de publicación desconocemos. Los cuentos que Sánchez publica tras la aparición de la segunda edición de *En cuerpo de camisa* se organizan en orden cronológico, siguiendo la fecha de publicación en las revistas y periódicos donde originalmente aparecieron. El objetivo de este ordenamiento es demostrar el desarrollo del estilo y de los logros de la obra de madurez del autor.

ALELUYA NEGRA

Está la mulata tiznada con el trapero de colorín, sonreída de pies a cabeza, adobada con carmín y *rouge*, ¡los dientes blancos sentados en primera fila!

—Cuche, Güela.

El tum gatea por la arena y soba los oídos de la negrada.

—Condinao negro prieto que lleva el diablo por dentro.

La Abuela se rueda la mascaúra y ensucia el piso con el salivón apestoso.

—Condinao Carmelo. Ese lo hicieron encima e un bongó. ¡Y lo brincaron mucho!

El tum encarama por las barrigas redondas y surca el corazón.

¡Ay Bacumbé
de los tres pelos
Bacumbé!
¡Ay Bacumbé
que tengo celos
Bacumbé!

—Güela, déjeme dil.

—Mira, agentá. Que eso son negro prieto que tienen el diablo por dentro. Tú no va.

—Bendito, Güela.

—Que le dije que no. ¡Tá presumía!

Salta el grito hondo por el pecho del timbalero y corren las hembras a chupar las uñas de los machos. ¡Caballeros que arrellanan la sentadera, locas que se maman la pupeta, vejigantes que se sorben los dedos, descaradas que enseñan los pezones!

—Güela, un chilín.

—Tá loca. Tú ere negrita de solar. Eso son negro de orilla que no se cepillan el trasero.

—Bendito, Güela, si es a ver.

La Güela Rufa aguza el pico, luego se rasca la cadera y rezonga por lo bajo.

—Todavía e que me convence la chusca. Bueno. Vaya y venga y no se detenga. Pero no se acerque mucho. Que eso negro llevan el diablo por dentro.

Sale corriendo la niña, soltando sudores que salpican la timba, escurriéndose por uvas playeras, los brazos extendidos, fugaz, gacela ahumada.

—Está pa dejarla sin espinas.

—Pa comela a cantitos.

—Pa dale el tumbaíto.

Está con la greña escondida, la greña pegada al coco, colorá, dura, grifa hasta en las cejas. Está viroteando las niñas, dando melao y suspiro, remeneando el nalgaje. Está tumbada en el suelo sacudiendo el azogue que el charol le ha puesto en el alma. ¡Y está tan fogosa que los cocos no se atreven caer! Está Caridad, asombrada, contemplando la dentuda mascarada que chispea alegría en su procesión rumbosa.

¡Ay Bacumbé
de los tres pelos
Bacumbé!
¡Ay Bacumbé
que tengo celos
Bacumbé!

Los pies se desgonzan en brincos, cabriolas y culivicentes. La noche orquesta compases y los timbaleros sangran por los dedos de tanto azotar.

¡Ay Bacumbé
qué tié la hembra
Bacumbé!

Salta Caridad por entre las pencas viejas y se muda por entre la luz de las estrellas, por el marco que le hacen dos palmas largas. Y la ve Carmelo el Retinto, el negro más resabioso del palmar. Siente un julepe por las verijas, un jamaqueo de ansias, jaibería, malamaña. La ve culidando en la arena y la sueña para latirla pecho con pecho, para sembrarle los dedazos en la pulpa que le adivina en los muslos.

—Oye negrita, déjame ponerte almíbar.

Caridad se persigna y dice:

—San Alejo, aléjalo, Santa Clara, aclájalo.

Caridad echa a correr y el palmar se repulga de gritos y ayes.

¡Está de a galón!

¡Guaraguao, pa chupale hasta el meao! ¡Pa dale su atol!

¡Pa sacale la saliva puel cholo!

¡Es la aleluya zarrapastrosa de los prietos, es la voz jedionda de la orilla que desconoce las buenas costumbres de las negritas emperifollás, las negritas relimpias que no se revuelcan con nadie, las negras resbalosas que no le enseñan el ombligo ni al cura de confesión!

—¡Por la orilla está la piquinina!

Rompe el tum en repique y culebreo. Tum en los cocos. Tum en las pencas. Tum en las palmas. Tum en la arena. Tum en las bocas. Tum en las almas. Caridad se detiene, agitada.

Los negros prietos se limpian las ganas mientras se enchumban en el Río Grande buscando al dios nuevo: Bacumbé, dios de garabato y embeleco que lo mismo cura el empacho que jeringonza la oración, un dios chistoso que destila aguardiente, dios hermosamente negro, benditamente negro, maravillosamente negro. Los bembes se estiran hasta el agua para aplacar el cansancio.

¡Ay Bacumbé
de los tres pelos
Bacumbé!

Caridad espatarra los ojos y el hociquito redondo le comienza a temblar.

—Condinao negro que piropan a mí, que soy linda y bonita. Tan apestoso, que no se pone crema en la sobaquera. Condinao negro que llevan el diablo por dentro.

El tum es alarido salvaje. Va a abrir la boca pero siente cinco dedos sobre sus labios. El grito es ahogado por la mano nudosa y ancha. Ahora siente el tum alejándose hasta hacerse una punzada.

—Déjeme, déjeme.

—Te voy a dar lo tuyo.

—Déjeme, espantajo, que tiene el diablo por dentro.

Se hallan por el suelo, las bocas revientan en sangre, las barrigas se friccionan, las manos se abren en pellejo y piel.

—Ya tú verá.

Caridad siente la flor despuntando y solloza compases de tum triste. Oye la voz de la Güela —eso negro tienen el diablo por dentro—. Oye la respiración de Carmelo el Retinto pisoteándole la nuca.

—Taha bueno.

La lengüeta le barre las babas.

—Taha bueno.

—Cállese.

Y se levanta espantada por lo que piense la Abuela cuando sepa que ahora ella también es de la orilla, también con el diablo debajo de la piel.

—Vamos.

Corren las sombras hasta llegar al Bacumbé de los tres pelos.

Los más se saborean.

—Negro pechú.

—Se la comió.

—Negro bribón.

Caridad salta el bailoteo y enfila hasta la casucha de Colasa.

—Abre, Colasa, y prepárame un yerbajo o sácamelo con ganzúa o con retama o con cuchillo pero déjame la telera limpia.

La Colasa abre los discos y la santigua.

—Qué es.

—Carmelo el Retinto me dejó el diablo dentro.

Colasa se encierra en su cuarto de raíces. Caridad sigue oyendo la voz de la Güela.

—Bebe.

Como el fuego a la carne que desgarra. Un dolor hondísimo que le hizo la entraña de llaga viva. Por cada miembro sintió la hiel arrastrando agua y sangre. Tuvo que abrir las piernas, como si jugase a brincar la tablita. Y sintió el diablo bajarle.

Cuando salió de la casucha vio que la luna era llena. Caminó dos o tres solares. El tum pitaba a lo lejos su sortilegio. Güela estaba en la puerta.

—Condinao negro. ¿Verdad que tienen el diablo por dentro?

Caridad siguió hasta el camastro y se enterró en las sábanas.

Güela preguntó:

—¿Verdad que tienen el diablo por dentro?

El sonsonete resonó por las palmas. Caridad se volvió boca arriba. Por la rendija del techo se colaba una estrella. El Bacumbé revoloteó hacia la amanezca. Güela preguntó por tercera vez:

—¿Verdad que tienen el diablo por dentro?

Pero ya la mulata soñaba.

(1961)

LA PARENTELA

A Ramón Figueroa Chapel

Amanece. El sol se encabrita techo arriba, tartamudeando rayos. Tisbe cuela las borras y Píramo cuela el sueño, claro, tibio, trémulo.

—Píramo, Píramo, el fogón tiene tres patas y un perro que va por el callejón tiene cuatro.

Píramo es un ocho sobre la cama, un ocho nigrescente.

—Píramo, Píramo suelta la frisa y espabílate que el gallo ha cantao tres veces y con el cuatro de perro y el tres de fogón se tiene la combinación.

Píramo es un buey que muge, un buey enroscado y friolento.

—Píramo, Píramo, ¡coño de calientacamas!, levántate y lárgate a la pega que la vianda no cae del techo.

Píramo es un ateo encuclillado que maldice los santos sacramentos. Un ateo hastiado de los hastíos de su mujer. Píramo, de cuando en vez, se amarra los pantalones y dice:

—No me grite que no le quepo por la boca.

Píramo es un blandengue en salsa. Píramo salta de la cama y abre la ventana. Píramo engulle, hoja a hoja, el paisaje. El verde le baila por la nariz y le empuja tres estornudos magníficos.

—Tisbe, Tisbe, qué cacho de videncia. Tres aires me han explotado por la nariz. ¡Tres! Empieza con tres o termina con tres, empieza con tres o termina con tres.

Tisbe tiembla, Píramo tiembla, un tres en los labios de Píramo tiembla.

—Tisbe, Tisbe, qué espíritu más presentao. Me ha soplao en la oreja que tres y tres son seis. Empieza con seis o termina con seis, empieza con seis o termina con seis.

Tisbe tiembla, Píramo tiembla, un seis en los labios de Píramo tiembla.

—Píramo, que pájaro malo te ha picado. Ahí estirao pareces un poste de la luz. Uno. Uno. ¡Ay! Uno, dijo uno. Y con el tres de los aires y el seis de la oreja se forma la combinación. ¡Ay, Píramo, que eres un negrito nacío en zurrón!

Tisbe abraza a Píramo mientras Píramo abraza a Tisbe.

—¡Ay qué videncia! ¡Qué espíritu más farfullero! A la tarde le compramos un vellón de tabaco hilao y un palo de caña. Esa combinación no falla. Tres, uno, seis, tres, uno, seis.

Tisbe cruza el callejón y toca el aldabón de doña Ugolina. Doña Ugolina es una vieja beoda que duerme con una caneca.

—Ay doña Ugo, ay doña Lina, apúnteme el *tres* seis uno con diez perritas, el tres uno seis con cuatro, el uno tres seis con dos, el uno seis tres con uno.

Doña Ugolina se baja la tira del sostén y apunta. Tisbe paga el dinerito. Un tufito a romo comienza a alejarse seguido de doña Ugolina. Tisbe descruza la calle y se regresa a su cobijo.

Atardece. El sol es cabrita que tira al monte. Desde la una Tisbe alonga el callejón.

—Ay muertitos de las tumbas, llévense la salazón.

Un tufito a romo se arrastra por el callejón seguido de doña Ugolina. Doña Ugolina es una vieja beoda con un alambique en los senos.

—Que se sacaron la chucha.

Hay veces en que el corazón es un maromero haciendo cabriolas en el pecho.

El corazón de Tisbe es un tren que prende y sale t t t

tu tu tu

tut tut tut.

El corazón de Píramo es un tren que llega y apaga tut tut tut

tu tu tu

t t t.

—Ahí tienes, condenado Píramo. Se nos fueron los reales de la vianda. Ahí tienes tus espíritus.

Píramo es una gallina apretada por el pescuezo.

—Píramo que hasta los muertos te meten los mochos, que hasta los muertos te engañan, que hasta los muertos te engañifan.

Píramo es un adoquín.

—Píramo, que no tenemos ni la cuchara que llevamos al buche.

Píramo es un viento alisio. Píramo, de cuando en vez, se atreve a decir:

—Baje el tono, bájelo.

—Que no lo bajo ná. Que los muertos te vacilan. Que todas las mañanas tenemos el mismo circo. Que los muertos esto y los muertos lo otro.

No ve que son espíritus lejanos. La prima Fredesvinda que es prima tercera.

—Y no le importamos un comino.

—El tío Nicanor que es tío bastardo.

—Y no le importamos un comino.

—La vecina Pepa Juana que es enemiga de profesión.

—Y no le importamos un comino.

—¡Como son muertos lejanos!

Píramo siente una gota de sudor arrullándole la nariz. La nariz de Píramo es un rancho donde caben dos caballos. Ancha, ahuecada, sin puente para subir a los ojos. Píramo piensa muertos lejanos, muertos cercanos, muertos cheverones que le soplan el bolo a la parentela. Muertos cercanos, cercanos. ¡Y tiene una idea!

Tisbe siente dos gotas de sudor bajándole por la nariz. La nariz de Tisbe es anchota, en vuelta de tirabuzón, cómoda por dentro y por fuera. Tisbe piensa muertos lejanos, muertos cercanos, muertos fenomenales que meten la mano en el candungo y sacan el bolo de la parentela. Muertos cercanos, cercanos. ¡Y tiene una idea!

Anochece. El sol es marido sentado en el baúl y no sale. Tisbe es una pasa arrugada. Píramo es un paso arrugado. No hay sílaba en el aire. Píramo piensa que será un viejito sandunguero con los verdes en el bolsillo. Tisbe piensa que será una negrita de vitrina con un camafeo en cada oreja. Hay veces en que el pensamiento es un número dos y lo que pienso yo lo piensas tú. Píramo y Tisbe sueñan con los muertos cercanos. Píramo y Tisbe desean los muertos cercanos.

—Vamos a tomar café.

—No, no, no.

—Vamos a tomar café.

—No, no, no.

—Vamos a tomar café.

—No, no, no.

—Sí, sí, sí.

—Pues yo lo sirvo —grita Píramo.

—No, que lo sirvo yo —chilla Tisbe.

—Yo, yo, yo —dice Píramo.

Píramo, que se molesta de darle un sobo, quiere servir el café.

—Yo, yo, yo —dice Tisbe.

Tisbe, que se molesta de descuartizarle los callos, hoy se apresta a servirle.

—Pues yo a ti y tú a mí.

—Sí, sí, sí.

En la cocina hierve la leche. Píramo sonríe porque los muertos cercanos no fallan. Tisbe se relame porque los muertos cercanos son capaces de hacer el fufú.

—Ya está el tuyo —grita Píramo, sediento, casi enloquecido.

—Y el tuyo —responde Tisbe, desesperada, histérica.

Píramo y Tisbe embalan hacia la salucha. Saborean el café. Píramo y Tisbe se mecen en los sillones. Píramo sueña con los pesos en el bolsillo cuando el espíritu cercano le dé la combinación. Sonríe. Tisbe sueña con los camafeos en la oreja cuando el espíritu cercano le saque el bolo. Sonríe. Píramo y Tisbe sienten una carreta de bueyes subir esófago arriba, un ardor, una náusea desconcertante que fumiga cada tramo debajo de la piel. Píramo mira a Tisbe y la ve verde. Tisbe mira a Píramo lo ve verde. Sonríen, sonríen, sonríen. Píramo y Tisbe saborean los muertos cercanos. Sonríen, sonríen, sonríen. ¡Ahora el sillón de Píramo no se mueve! ¡Ni el de Tisbe!

(1962)

MEMORIA DE UN ECLIPSE

A Luce López-Baralt

Las letras despaciosas y antiguas suben por todo el recuerdo formando la amorosa firma. Va a sonreír, ya el labio desgaja, cuando una voz trepa el aire.

—Elvirita, los ojos.

Rápido, la mirada se llena de gente. Más de una vez se repite a sí misma: no cerrar los ojos, no cerrarlos delante de la gente, quedarme aquí un momento, luego, despierta, seguir por la acera, por el fuego riguroso de unas once tropicales, mejor once y pico, once y pico siempre, no venga antes doña Elvirita, los sacos de la capital llegan sobre las diez cerradas, después la clasificación, el bulto del cartero, los apartados, las ventanillas, la entrega inmediata, el café que una empina, así que a las once y pico, largo el pico.

Las letras despaciosas y antiguas huían de la Fañosa que despachaba las cartas, con el cierto temor alimentado por veinte años, veinte hacían ya, desde aquel en que el periódico, junto al anuncio de la traición japonesa, galantemente dijera:

«Caballero honorable desea corresponderse con dama exquisita que aún sueñe».

—Elvirita, los ojos.

Mirar todo. La calle. La gente. La pared en el sitio de siempre. Atrio de la iglesia. Por la señal de la Santa Cruz. Y ella graciosamente recostada de la pared para disimular que espera. Al mirar el relojísimo de la iglesia, por la señal de la Santa Cruz, le viene un chorro de asombro. El muy loco marca el cuarto para las once, faltando entonces la media exacta, no venga antes doña Elvirita, los sacos de la capital llegan sobre las diez cerradas, después la clasificación, el bulto del cartero, los apartados, las ventanillas, la entrega inmediata, el café que una empina, así que a las once y pico, largo el pico. ¡Como si nada tuviera que hacer! Conservar, en las horas que tenga el día, las primicias de su cuerpo otoñado, colorante para el pelo canoso, carmín tenue que devuelva frescura a las mejillas, limón nuevo para borrar las huellas de una vejez, francamente prematura, el espejo no me retrata vieja, no, no me retrata vieja; sacudir el polvo que duerme en las cartas; las del cuarto de atrás, anteriores al asunto de Hiroshima; las que escondiera en el patio el día que los hombres hicieron la revolución nacionalista; luego, todas las que vinieron bajo la amenaza constante de la guerra tercera, hasta llegar a las últimas, la del lunes —soy sin ser siendo sin ti—; la del martes —también se duele el mar—; la del miércoles —en brisa y viento, ven—. ¡Y poco sería si fuera eso todo! Pero, y las que iban, las de ella, habladoras como río, decidoras de amor, la del lunes —morir en la vida, no en el sueño—; la del martes —eternidad yo te poseo—; la del miércoles —hazme un sitio para vivir colgado de tu alma—, cartas que se sacaba de la entraña, siempre a siempre, desde la vez en que los japoneses, amarillos, perversos, bombardearon a Pearl Harbor y el periódico, al lado de la noticia de la traición y el desastre, galantemente dijera:

«Caballero honorable desea corresponderse con dama exquisita que aún sueñe».

Al llamado, el mohillo de su alma sacudió la modorra. Y el caballero honorable, escondido tras las letras despaciosas y antiguas, hiló pasión honda en su pobre corazón, aquel corazón cuya sístole se alteró con las comas y acentos de un ritmo que ella quería despacioso y antiguo, ritmo que supo decir me he remendado el alma con las palabras que escribieron tus labios.

—Elvirita, los ojos.

¡Manía! Llega a creer la gente que duerme de pie. Como si ella no supiera que se duerme sobre la cama después de leer las mil cartas que, diariamente, envía el Caballero de la Triste Figura. Lo demás es beber cenizas. El labio desgaja. Completa, ahora, la sonrisa.

Dijo así él. Beber cenizas. Hoy, esperando que el relojísimo de la iglesia, por la señal de la Santa Cruz, las once, a Dios gracias, marque la hora precisa, viene a recordar la carta aquella, el primer enojo, pequeñito dolor, miedo, qué más, algo de angustia, en que ella le pidiera que borrara el Triste triste de su nombre porque estando ella la tristeza no era.

—Adiós, Elvirita.

—Adiós, Primavera.

—¿Cuándo te casas?

—Matrimonio y mortaja del cielo bajan.

—Adiós, Elvirita.

—Adiós, Primavera.

Levanta un tanto la mano, vacío el gesto, mientras Primavera, vestida como siempre, de sonrisas, se pierde calle arriba. Quiere mover Elvirita la mano para cargarla de afecto, ¡adiós Primavera!, grito que homenajea lo bello, lo que no merece estar en el menú del tiempo. Pero ya Primavera dobla la esquina, vestida como siempre, de sonrisas, y no oye, no puede oír a Elvirita, quedada en la orilla más honda de su mortal soltería. Al bajar la mano acuesta la vista en una calle que, rápidamente, edifica el recuerdo, calle de los años que se almacenan en postales, años de las películas del fulano Chaplin, de los charlestones que afinara la gramola de manigueta, de la guerra pomposamente llamada primera, de los huracanes santos —Felipe, Ciprián—, años viejos en los que el cuerpo maduró nuevas formas y el alma, peor enemigo, empezó la extraña búsqueda, bajo el domingo chiflado de luces patronales y muselinas y tafetanes y satenes que recién despertaban en las señoritas la loca apetencia del riguroso aparentar. Años de los partidos de reconocida valía, el hijo del Alcalde, el hijo del Médico, el hijo del Abogado, mozos patilludos que susurraban adioses frente al vaivén de unos ojitos que decían que sí y que no. Ojitos de Albertina Cuadrado diciendo que sí. Ojitos de Emilia Díaz

Ginorio diciendo que sí. Ojitos de Primavera Fonseca diciendo que sí. ¡Pero nunca los ojos de Elvirita! Elvirita miraba el punto encendido en la lejanía. Elvirita no se quería pretendida de quien no viniera del misterio. Elvirita deseaba ir, carrera sin freno, a los brazos del alguien remoto, sin pasado, nacido para ella, nacido de una completa, total, absoluta locura de amor. Y decía que no sobre la marcha nupcial convertida en rumba sabatina. Decía que no, frente a los castillos que, uno a uno, los mozos le dibujaban. Decía que no sin oír el corito guasón que las íntimas hacían: pobre Elvirita, pobre Elvirita, pobre Elvirita, esperando, esperando.

La salmodia crecía año y año y más año, viéndola ir olorosa a treintena, trepados los ojos en lo alto, como si bajara de algún bergantín de Hernán Cortés, resquebrajada de alcanfores, curiosa de mares hipnóticos, envuelta en las postrimerías de la tal Isabel la Católica, sin importarle que las carnes se le escurrieran, soñando el ser emergente del milagro, ser que trajera leyendas de edades remotas, ser que supiera a infinito. Pobrecita Elvira, maullaba el cura que la oía confesar pecados incoloros: que si he olvidado el triduo, que si no hice la genuflexión cuando cruzaba el altar mayor, que si no fui generosa con la ofrenda. Pobrecita la Elvira, ladraba la corteja del Alcalde, con el quejido que le goteaba de su matriz cancerosa. Pobrecita la doña Elvira, escupía el Mongo apestoso al jurar, chiste y puñal, que si el empeño era grande él le hacía el favor. Pobrecita la cuarentona, chillaba la mujer del Sacristán cuando enseñaba la ficha bautismal que la ponía a nacer en el cinco.

Al pasarse la mano por la cara toca el medio siglo acurrucado. Vuelve a mirar la esquina que se tragara a Primavera y el suspiro le lleva los ojos al relojísimo de la iglesia, por la señal de la Santa Cruz, que estira el pico de las once. Bajo el fuego de esas once tropicales, peregrina.

Fiesta se le hace el calor. Calor que no importa. En fin, nada importa desde la perfidia japonesa. Importa el paso rápido para apresar en las manos el montón de caricias, ¡que otros llaman palabras! Suyas siempre. Tropieza con el sabrosón crispé, sabrosón crispé. Echa hacia atrás medio paso y de Ponce llega pulpa de quenepa. Sigue sin mirar el pan caliente suplicando diente. En llegando al correo, gofio en cucuruchos.

Once y pico siempre, repite la Fañosa mientras las letras despaciosas y antiguas huyen con el cierto temor alimentado por veinte años, veinte hacían ya, desde aquel en que el periódico, junto al anuncio de la traición japonesa, galantemente dijera:

«Caballero honorable desea corresponderse con dama exquisita que aún sueñe».

La Fañosa baraja las cartas como hechicera y al entregarlas ni siquiera dice algo. Pero Elvirita lo perdona todo. Menos que la Fañosa equivoque la correspondencia. Devuelve el sobre blanco con gesto desabrido y pide, airosa, que se corrija el error. La Fañosa, las letras despaciosas y antiguas huyendo, asegura que nada ha sido alterado. Entrega, como cada once y pico de cada mañana, la carta que, de la capital, sobre las diez cerradas, llega. Elvirita, al mirar el sobre nuevo, se aguanta de la ventanilla. Muda tanto el color que la Fañosa se asusta. Las manos se le hacen vivo aleteo al rasgar allí mismo el sobre del llamado Club de Corazones Solitarios, carta sin letras despaciosas y antiguas, carta corriente, ordinaria que se escribe para comunicarle, con gran pena, que el miembro llamado Caballero de la Triste Figura ha muerto. Rompe la palabra. Rompe también la boca apretándola con la mano. Y sale en galope sin hacer caso del pan caliente suplicando diente, corriendo, la carta estirada en amarga bandera, cayendo a su paso un diluvio de *pobrecita,* el sol de unas once tropicales perforando el pellejo, arrastrando en la carrera un pecho que pesa la tonelada, hasta llegar al cementerio donde, por veinte años, ha enterrado sus ansias.

El cuchillo es la brújula. Para llegar al rincón del corazón que arrendara el Caballero de la Triste Figura. Cava por esa tierra. Lento. Hasta que un alivio conocido, el mismo de las once tropicales, desde la traición japonesa, la inunda. El techo salta. Cava más tierra suya. Tres ventanas abrazadas se marchan. Las manos de Elvirita, con la brújula, también escapan. Viaja la sangre, el amor. Levantan vuelo las cartas; las del cuarto de atrás, anteriores al asunto de Hiroshima, las que escondió en el patio el día que los hombres hicieron la revolución nacionalista; luego, todas las que vinieron bajo la amenaza constante de la guerra tercera, hasta llegar a las últimas: —la del lunes— soy sin ser siendo sin ti; —la del martes— también se duele el mar; —la del miércoles— en brisa y viento, ven. ¡La del miércoles! ¡En brisa y viento, ven! Abre el surco y allá, corazón, parece asomar, cuando la luz débilmente se evapora. No queda nada. El corazón, pobre y pequeño, se ha ido. Y las letras despaciosas y antiguas. ¡Y la vida!

(1964)

LA MAROMA

Esta mañana ha tenido la noticia. Si no es por la voluntad, redondo, al piso se va. Trampa le parece. Iba gozando tropezones cuando los brazos de seis alcahuetes y un bronco conserje se le subieron, pecho, hombros, espaldas, con una efusión loquísima que se permitía palmadas, chillidos, cabriolas. Unas gracias sin gracia de la boca le huyen, los trece brazos vuelven a meterse en fiesta corriéndole el pecho, los hombros, la espalda, hasta que, sofocado, escapa por una calle conocida, hace ya siete años.

Si aquel cristiano que lo limosnea llega a bien mirar, ve cómo las coyunturas se le hinchan. Del miedo que hace un momento le naciera. Ha de ser invención del pájaro malo. La cruz la hace con tres dedos, mientras da paso al cantío, que hoy no le sale sonoro, con la noticia de la mujer que tuvo parto de sapo rubio, castigo ejemplar a lavandera de Viernes Santo.

Con retazo de camisa, al fresco el enigmático ombligo, amarrado el calzón con el bejuco en turno, bulle, camina, tropieza pero, rápido, recula. Mucho que tropieza el maldito. Aunque miente la ceguera. También miente los ayes que marean los bolsillos y miente el vaporizo que le calcina las pupilas, desde el año que viniera con la historia de la mujer que se vestía con lazos de su amiga la diablesa, la misma que hacía ungüentos para alebestrar la honra de las honradas. En llegando lo agasajaron, el Cura con vino de consagrar, el Alcalde con el cigarro liado en San Lorenzo, obsequios que, acompañados del café de doña Ventura y las sobras de los melindrosos, vinieron a ser obligaciones diarias. Le fue tan de perillas que, aun sin casa, durmiendo sobre cartón y noche, hundió por allí sus raíces de vividor y vagonete, perdido hasta el nombre que era Miguel o Lebrón o Tomás, pues habiendo docenas de migueles, lebrones y tomases, el Ciego vino a quedarse.

Bienaventurados los ociosos, pensaba, mientras oía el tingalatín de alguna limosna. Bienaventurado el que, cerrando los ojos, ve la ceguera de los otros. Bienaventurados los que desprecian la pobrecita luz del sol que oscurece los perfiles de las cosas. Repetía la letanía con el gozo que solo conocía su alma, gozo envejecido por los años que vinieron a ser los mejores de su vida, sin la preocupación del mantengo, acariciado por un benditaje que proporcionaba increíbles ganancias, gozo que esta mañana, con la noticia, se ha fermentado, trayendo el joven sabor a vinagre que le produce espasmos por el enigmático ombligo. Olvida, con la congoja, el repertorio de atrocidades que tanto gustan a los pechos calenturientos y repite diez veces los sucesos del mayordomo enterrado vivo y el del hombre que se comiera los sesos de sus hijos. Aquel que le grita que cambie el disco choca con un *a la orden* que no viene a cuento, otro extraña que no sonría siendo tan grata la nueva. A menos, guiña diciendo, a menos que no lo sepa, respondiendo el que sí, que lo sabe, que muy bien lo sabe, que requetebién que lo sabe, raro, distinto, enloquecido. Piensa guarecerse en algún rincón para cavilar el horror y planificar la salvación, tal vez huir lejos a empezar una nueva ceguera. Lo ha decidido cuando una vieja tragacristos lo abraza fuertemente mientas masculla corderos degollados e invoca la paciencia como virtud del buen cristiano. Otro, menos piadoso, exclama que a todo cerdo le llega su San Martín, la vieja tragacristos lo empuja para que se arrodille y salude el día grande, chirria el bastón al deslizarse con el amo. Ve, este, a través de su ceguera, la verruga que muerde el labio de la decrépita, verruga que inicia la rimbombante jaculatoria en que se agradece al Altísimo la cosecha de vides. Al Ciego le asoman furiosas lágrimas que el genterío, arremolinándose, piensa de agradecimiento. El genterío crece como fuego, anidan las letanías en los hocicos, los ojos doblan la esquina cantando el grandioso *ya lo sabe.* Viene el Cura jadeando, levantando las sotanas hasta enseñar las piernas gambas, viene el Alcalde volando. La letanía ronda al Ciego hasta que el Cura llama a silencio. Callan los picos, dentellea terrible el fingido, sube apocalíptica, exultante, regocijada, la palabra del Cura y anuncia con gloria y fanfarria que durante la mañana se completó la colecta iniciada el Día de los Inocentes para operarle los ojos a este santo y manso y buen hombre.

(1965)

TIENE LA NOCHE UNA RAÍZ

A Mariano Feliciano

A las siete el dindón. Las tres beatísimas, con unos cuantos pecados a cuestas, marcharon a la iglesia a rezongar el ave nocturnal. Iban de prisita, todavía el séptimo dindón agobiando, con la sana esperanza de acabar de prisita el rosario para regresar al beatería y echar, ¡ya libres de pecados!, el ojo por las rendijas y saber quién alquilaba esa noche el colchón de la Gurdelia. ¡La Gurdelia Grifitos nombrada! ¡La vergüenza de los vergonzosos, el pecado del pueblo todo!

Gurdelia Grifitos, el escote y el ombligo de manos, al oír el séptimo dindón, se paró detrás del antepecho con su lindo abanico de nácar, tris-trastris-tras, y empezó a anunciar la mercancía. En el pueblo el negocio era breve. Uno que otro majadero cosechando los treinta, algún viejo verdérrimo o un tipitejo quinceañero debutante. Total, ocho o diez pesos por semana que, sacando los tres del cuarto, los dos de la fiambrera y los dos para polvos, meivelines y lipstis, se venían a quedar en la dichosa porquería que sepultaba en una alcancía hambrienta.

Gurdelia no era hermosa. Una murallita de dientes le combinaba con los ojos saltones y asustados que tenía, ¡menos mal!, en el sitio en que todos tenemos los ojos. Su nariguda nariz era suma de muchas narices que podían ser suyas o prestadas. Pero lo que redondeaba su encanto de negrita bullanguera era el buen par de metáforas —princesas cautivas de un sostén cuarenticinco— que encaramaba en el antepecho y que le hacían un suculento antecedente. Por eso, a las siete, las mujeres decentes y cotidianas, oscurecían sus balcones y solo quedaba, como anuncio luminoso, el foco de la Gurdelia.

Gurdelia se recostaba del antepecho y esperaba. No era a las siete ni a las ocho que venían sino más tarde. Por eso aquel toc único en su persiana la asombró. El gato de la vecina, pensó. El gato maullero encargado de asustarla. Desde su llegada había empezado la cuestión. Mariposas negras prendidas con un alfiler, cruces de fósforos sobre el antepecho, el miau, en *staccato*, hechizos, maldiciones y fufús, desde la noche de la tormenta en que llegó al pueblo. Pero ella era valiente. Ni la asustaba eso, ni las sartas de insultos en la madrugada, ni las piedras en el techo. Así que cuando el toc se hizo de nuevo agarró la escoba, se echó un coño a la boca y abrió la puerta de sopetón. Y al abrir:

—Soy yo, doñita, soy yo que vengo a entrar. Míreme la mano apretá. Es un medio peso afisiao. Míreme el puño, doñita. Le pago este ahora y después cada sábado le lavo el atrio al cura y medio y medio y medio hasta pagar los dos que dicen que vale.

La jeringonza terminó en la sala ante el asombro de la Grifitos, que no veía con buenos ojos que un muchachito se le metiera en la casa. No por ella, que no comía niños, sino por los vecinos. Un muchachito allí afilaba las piedras y alimentaba las lenguas. Luego, un muchachito bien chito, ni siquiera tirando a mocetón, un muchachito con gorra azul llamado...

—¿Cómo te llamas?

—Cuco.

Un muchachito llamado Cuco, que se quitó la gorra azul y se dejó al aire el cholo pelón.

—¿Qué hace aquí?

—Vine con este medio peso, doñita.

—Yo no vendo dulce.

—Yo no quiero dulce, doñita.

—Pues yo no tengo ná.

—Ay sí, doñita. Dicen los que han venío que... Cosa que yo no voy a decir pero dicen cosas tan devinas que yo he mancao este medio peso porque tengo gana del amor que dicen que uste vende.

—¿Quién dice?

Gurdelia puso cara de vecina y se llevó las manos a la cintura como cualquier señora honrada que pregunta lo que le gusta a su capricho.

—Yo oí que mi pai se lo decía a un compai, doñita. Que era devino. Que él venía de cuando en vez porque era devino, bien devino, tan devino que él pensaba golver.

—¿Y qué era lo devino?

—Yo no sé, pero devino, doñita.

Gurdelia Grifitos, lengüetera, bembetera, solariega, güíchara registrada, lavá y tendía en tó el pueblo, bocona y puntillosa, como que no encontraba por dónde agarrar el muerto. Abría los ojos, los cerraba, se daba tris-tras en las metáforas pero solo lograba decir: *Ay Virgen, ay Virgen*. Gurdelia Grifitos, loba vieja en los menesteres de vender amor, como que no encontraba por dónde desenredar el enredo, porque era la primera vez en su perra vida que se veía requerida por un... por un... ¡Dios Santo! Era desenvuelta, cosa que en su caso venía como anillo, argumentosa, pico de oro, en fin, ¡águila! Pero, de pronto, el muchachito Cuco la había callado. Precisamente por ser el muchachito Cuco. Precisamente por ser el muchachito. En todos sus afanados años se había enredado con viejos solterones, viejos casados, viejos viudos, solteros sin obligación o maridos cornudos o maridos corneando. Pero, un mocosillo, Santa Cachucha, que olía a trompo y chiringa. Un mocosillo que podía ser, claro que sí, su hijo. Esto último la mareó un poco. El vientre le dio un sacudón y las palabras le salieron.

—Usté e un niño. Eso son mala costumbre.

—Aquí viene tó el mundo. Mi pai dijo...

Ahora no le quedaban razones. Los dientes, a Gurdelia, se le salían en fila, luego, en un desplazamiento de retaguardia volvían a acomodarse, tal la rabia que tenía.

—Usté e un niño.

—Yo soy un hombre.

—¿Cuánto año tiene?

—Dié pa once.

—Mire, nenine. Voy a llamar a su pai.

Pero Cuco puso la boca apucherada, como para llorar hasta mañana y entre puchero y gemido decía —que soy un hombre—. Gurdelia, el tris-tras por las metáforas, harta ya de la histeria y la historia le dijo que estaba bien, que le daría del amor. Bien por dentro empezó a dibujar una idea.

—Venga acá… a mi falda.

Cuco estrenó una sonrisa de demonio junior.

—Cierre lo ojito.

—Pai decía que en la cama, doñita.

—La cama viene despué.

Cuco, tembloroso, fue a acurrucarse por la cama de la Gurdelia. Esta se estaba quieta pero el vientre volvió a darle otro salto magnífico. Cuando Gurdelia sintió la canción reventándole por la garganta, Cuco dijo —oiga, oiga—. Pero el sillón que se mecía y la luz que era mediana y el vaivén de *el que no tiene vaca no bebe leche* empezaron a remolcarlo hasta la zona rotunda del sueño. Gurdelia lo cambió a la cama y allí lo dejó un buen rato. Al despertar, como sin creerlo, como si se hubiese vuelto loco, Cuco preguntó, bajito:

—¿Ya, doñita?

Ella, como sin creerlo, como si se hubiese vuelto loca, le contestó, más bajito aún:

—Ya, Cuco.

Cuco salió corriendo diciendo: *Devino, devino*. Gurdelia, al verlo ir, sintió el vaivén de *el que no tiene vaca no bebe leche* levantándole una parcela de la barriga. Esa noche apagó temprano. Y un viejo borracho se cansó de tocar.

(1966)

QUE SABE A PARAÍSO

Era lenta la danza, lenta la entrada al paraíso. Se había tendido boca arriba para gozar la desaparición de la luz, las manos bajo la nuca, sueltas del cuerpo las piernas. Pero la luz no se marchaba, seguía intacta en su vulgar cielo de vigas, solemne de lenta en la danza a que la obligaba el viento que subía de la Marina. La cabeza, fascinada por el despacioso movimiento, ejecutaba también un mínimo de vaivén, vaivén que achinaba los ojos y traía el querido mareo que anticipaba el desembarco del placer. Aunque esta vez, la milésima en una larga aritmética de jeringuillas, el mate divino se hacía esperar.

Una hora atrás, al ver a Pescaíto doblar la esquina de Luna y Cruz, sintió que libraba la tarde. Había echado la mañana trabajando la *combinación* pero la última redada tenía en chirola a media humanidad y los focos de siempre se veían desiertos, sin nadie animado a contestar la pregunta de unos ojos sin brillo en los que la yerba dulzona, la tecata sabrosa y la puya salvadora habían levantado su altar de tristeza. Al mediodía, la picazón correteaba por las venas, arrastraba el temblor. Tuvo que recostarse de la pared próxima y esperar de la calle una esperanza. La calle le trajo a Pescaíto, viejo panita que corroboró la esperanza con un titular de a ocho columnas *—la tengo man, la tengo—*. Ahora, tendido boca arriba en el cuarto de Delia, esperando la entrada al paraíso, recordaba el alarde de Pescaíto *—víveme, ricamente elevado, víveme, víveme—* y recordaba el impulso de su cuerpo lanzado hacia adelante en un desesperado intento por quitarle el pasaje que lo llevaría al paraíso. Las imágenes huían, rápidas, como páginas enloquecidas de un álbum neurótico: Pescaíto en su alarde *—víveme, víveme, víveme—*, su cuerpo lanzado hacia adelante, la picazón dibujando la necesidad de la puya, la risa de Pescaíto subiendo a la par que su fiebre, el chillido intermitente de su garganta, el puño levantado al oír el precio, el precio otra vez, el precio siempre, como si el recuerdo embotara las otras imágenes, hasta que el cuerpo dio la vuelta quedando la cabeza entre los brazos, los ojos de espaldas a la danza solemne, el recuerdo del precio hecho pedazos.

La mano de Delia le trajo el consuelo callado. Delia estaba allí ahora, como estaba siempre para él. Delia estaba siempre con la miel en los ojos, sometida a su voluntad como animalucho viejo, conformado su deseo con los ronquidos que seguían a la postración. Delia volvió el cuerpo flaco hacia ella para acunar apretadamente la cabeza. El abrazo tenía agradecimiento. El abrazo tenía piedad: La mirada se volvió otra vez a la danza de la luz, que no era ya solemne, luz que se abismaba desde su vulgar cielo de vigas en entrega desfachatada a las paredes, que se escurría por las paredes, que se convertía en multitud de islas resplandecientes, luz que transformó la antigua y solemne danza en incontenible frenesí. La sangre, hechizada, culebreaba en las venas, la picazón arrebataba la tranquilidad, los ojos boqueaban. Rápida la danza, rápida la entrada al paraíso.

Hora y media atrás, al ver a Pescaíto doblar la esquina de Luna y Cruz sintió que libraba la tarde. Pescaíto la tenía arriba, bastaba con mirar el contentamiento de sus ojos para saberlo. No hacía falta que sacudiera el esqueleto y dijera *—la tengo man, la tengo, víveme—*, ni era necesario el resoplido constante, seña entendida para comunicar el encampanamiento. Bastaba con mirarle los ojos. Pardos, espejos crecidos que guarecían los mil cuerpos que tiene el placer, atolondrados. La risa habitaba aquellos ojos resbalosos que desnudaban la más celada intimidad. Los ojos de Pescaíto fueron los que clamaron el precio increíble por la puya saciadora, los que exigieron a la garganta que aventurara la palabra, palabra que se quedó en el aire, equilibrando sobre la mirada que Pescaíto enviara, mirada que él sostuviera desde los suyos, incrédulos. La palabra era Delia.

Delia estaba en el paraíso. Y Chino, el que lo iniciara en el sabor, y Pescaíto y Manolín y Bienve y Nicolás Gutiérrez. Y estaban como la primera vez, como si no fuesen muchos los años pasados. Y estaban las camareras del avión que lo llevó a Nueva York cuando se fue al vacilón del Barrio, y estaba el avión con su cola recogida como pájaro pudoroso y estaba el mar, aunque quedado en la puerta para no interrumpir con su oleaje la feliz reunión de tanta gente. Y estaba el reloj que empeñara el año pasado y el transistor que Delia le regalara para su cumpleaños y los mocasines que Delia le trajera una tarde fea y gris, los mismos que en seguida vendió a Chu Cabuya. Y estaba Chu Cabuya con el tajo impresionante que le hospedaba media cara. Y el decreto de la felicidad total se cumplía cabalmente, sin que por un momento palideciera, ni siquiera cuando Bienve empezó a besar los hombros de Delia, ni siquiera cuando Chino empezó a besar las manos de Delia, ni siquiera cuando Manolín empezó a besar los muslos de Delia, ni siquiera cuando Nicolás Gutiérrez empezó a besar las piernas de Delia, ni siquiera cuando Pescaíto empezó el derrumbamiento de Delia para efectuar la posesión absoluta. Era felicidad la orden, felicidad lo que emanaba de los cuerpos, felicidad la visita al paraíso.

Delia miraba la silueta, corrientazo sobre la oscuridad forzada de las cinco de la tarde. Pescaíto avanzaba a vestirse. Delia miraba la silueta desde el piso de su crucifixión, negados sus ojos a ver otra cosa que no fuera la silueta, imponiendo a sus ojos una voluntad recia, escrutadora de cada gesto, de cada mueca estrellándose contra la pared. La silueta era toda para ella, como había sido ella toda para el hombre que ahora le decía adiós.

Dos horas atrás Pescaíto pronunció la palabra. La palabra era Delia. El puño no aterrizó en la cara de Pescaíto porque había agotado la reserva de fuerzas en la espera de la puya santa pero quedó levantado, como protesta muda, testigo del esfuerzo por romper la boca que ensuciara el nombre, puño que al alarde vicioso y tentador, *la tengo man, la tengo*, se fue transformando en mano amiga, mano que abrazó la espalda de Pescaíto en una aceptación de lo exigido, mano que inició el paso de los dos cuerpos en la tarde naciente y prometida. Delia dijo que sí, mordida de agruras, y sus oídos echaron rápido la llave para no percibir los tanteos de la jeringuilla ni el resoplido constante que anunciaba el encampanamiento. Ahora lo veía en el suelo, las manos bajo la nuca, sueltas del cuerpo las piernas, invitando con el vaivén de la cabeza al querido mareo que anticipaba el desembarco del placer. Ahora veía a Pescaíto amontonado en una esquina en la espera del pago de la deuda, ahora se veía a ella misma abrazándolo con agradecimiento y piedad, ahora se veía a ella misma sonriendo a la sonrisa de él, ahora lo sentía, lo sabía. Lo quería viviendo el paraíso. Y al ver en el rostro de su hombre la inundación de la alegría, no pudo evitar un suspiro de hembra liberada. Porque él consagraba al letargo la intensidad de un loco amante, sin atadura con la realidad fea de Pescaíto y ella y el cuarto y el precio pagado por la puya, pleno de borrachera infinita. ¡Ella le regalaba ese mundo con solo gemir un deleite! Y el gemido era un idioma que naciera de pronto para iniciar nuevas conversaciones. Ella para Pescaíto, Pescaíto para él, él para su paraíso, en un triángulo irrompible con resumen de eternidad. ¡Dadivosa con su carne! ¡Dadivosa como la madre tierra!

Fue el grito de la mano como un puñal enorme que se apeara del viento. Pescaíto detuvo su prisa. El sol de la hora, sumado a la luz de la bombilla, partía el cuarto en dos colores, quedando la mujer apresada en la opacidad, como un celaje de penumbra, como un misterio que apareciera y desapareciera para encantar, igual que la puya, que la mota, que la yerba. Pescaíto veía a Delia inmersa en la tibieza de la media luz, veía a la mujer tendiendo los brazos en súplica de regresos y se dejó invitar. Pero Delia habló de alquilar otras horas, otras tardes, otras jornadas de entrecortado aliento, mediante la entrega, otras horas, otras tardes, del impulso que diera vuelo al hombre en el piso, savia de paraíso para ofrendar al dios de las venas, puya prudentísima, puya venerable, puya laudable, puya poderosa, puya honorable, puya de insigne devoción, puya que ampara y protege. Los ojos resbalosos que desnudaban la más celada intimidad, asintieron. Y con ellos, Pescaíto todo. Una ráfaga de sol se llevó al hombre por las calles.

Delia ya no estaba. Ni Chino, ni Pescaíto, ni Manolín, ni Bienve, ni Nicolás Gutiérrez. Un dolor fuerte quedaba en la cabeza junto al querido mareo que anunciaba la partida del placer. Sacó las manos de bajo la nuca para frotarse las sienes. La saliva se le hacía tiza, del estómago le enviaban una fatal biliosidad. La luz, intacta en su vulgar cielo de vigas, empañaba el aire pobre que subía de La Marina y el cuarto se hacía espeso, claridad y aire mezclados. Quiso apagar la luz porque aún era de día pero la noche venida supo contestarle. Se recostó de la pared próxima a esperar que el piso se detuviera. Desde allí vio a Delia. Delia estaba allí ahora, como estaba allí siempre. Delia atravesó el cuarto y fue a arrodillarse junta a él, sembradas las manos por el pecho, como una deidad que iniciara el sacrificio. No entendía el ceremonial. Ni entendía la invasión de la sonrisa por todo lo que fuera Delia; ojos, traje, pecho, cabeza, piernas de Delia. Ni entendía la ascensión de Delia por sobre su cuerpo, mientras rezaba transportada: ¡mañana estarás conmigo en el paraíso!

(1967)

LA RECIÉN NACIDA SANGRE

A Henry Cobb Gorbea

Pues señor, que estaba cansado de treparse el muerto al hombro. Lo decía hasta agotar la voz.

—Que los muertos largan una sombra que sigue con uno siempre.

—Que el vientre de ella era una tumba.

—Que yo mismo me quería enterrar para matar mi sangre.

Este era el cuento de Pepé Dolores, los ojos alicaídos, el overol acribillado, experiencia en la vaina de Corea.

—Que si no hubiera dicho que otra vez.

—Que si aquella nube negra no se me para en los ojos.

—Que si no hubieran cuchillos.

—Y porque yo era un asco de flores marchitas.

—Y porque el sepulturero era el mismo de siempre.

—Y porque mis hijos eran los mismos siempre, siempre, siempre.

Hacia una autopsia a esa palabra. Era la pausa para encender el Chester, pues con el corazón de ese siempre y las vísceras de ese siempre se ponía a jugar un fatigoso rato. Después, ataba al siempre un *Marcela tuvo la culpa* y de allí en patines hasta el final.

—Marcela tuvo la culpa.

La acusación volvía los rostros distraídos, la atención se regalaba a la boca que prometía imprecaciones.

—Cuando dijo por primera vez que estaba encinta yo me puse colorao. Un cariño redondo me aleteó por los brazos y fui a cobijarle la boca a besos. Los hijos son la flor que nace de uno. Ni la dejaba que amagara un esfuerzo, ni que tosiera fuerte, ni que sacara agua de la tina. Aquieta el paso, duerme de día, no hagas gran cosa. Me fui a dormir al piso para no darle mal sueño ni a ella, ni a Pepé Loló, que era el nombre que tenía pensado porque iba a ser machito. La falda crecía y le levantaba un balconcito, los pechos se maduraban. Hasta el amanecer en que le vino la parición y me espetó la palabra: MUERTO.

Yo meneaba la cabeza. Eso de que un hijo nazca muerto huele a sabotaje. Ella lloró tres días, yo ni uno. Pero cuando me fui al cementerio, la cajita al hombro, la tierra tucutúm, tucutúm, tucutúm, en un caer acompasado que era doble de campanas, las tres florecitas en mi mano, la azada del sepulturero, el perro del sepulturero, me agarró una sosera espesa que ya nunca se borró.

La segunda vez que el vientre se alzó me entró una contentura que no era mía. Yo no miraba a Marcela, miraba su fábrica de vida. Llegado *el* mes, no dormíamos. Por eso el grito me sorprendió despierto, grito seco, como si le hubieran clavado en el alma un alfiler de cien yardas. Se lo saqué de entre las piernas, lo mordí largo por la carita, me quedé lelo mientras cantaba.

¡Ay son
ay tururete
ay calentura mía,
desde que tú llegaste
no fue la noche fría!
¡Ay son,
ay, tururete
ay, ay Virgen María!

Pero ni eso regresó la vida *de* mi Pepé Loló. Dos Pepé Loló *que* se morían. Peor. Ni se morían, sino que venían muertos, como juguete dañado de la Sears.

¡Al tercero, aquel miedo negro! ¡Aquella penitencia en la voz! La calor que uno bota cuando tiene miedo. La camisa suda sola. El reloj suda solo. Cuando ella parió el alarido, hijísimo de la muerte, yo le pregunté a Dios que por qué.

La cajita en el hombro pesaba ochenta libras. Tres florecitas tronchadas en mi mano fría. Repetición de tumbas. El sepulturero me dijo un *Hasta pronto* que me encerró en *la* vena el peor aire.

Mi mujer y yo nos mirábamos sin confianzas. Marcela y yo poníamos las espaldas a mirarse. Esa y yo, ni un chavo de palabra. Yo entraba a la casa pero me quedaba fuera, me quedaba entre las sombras del camino, me quedaba entre las sombras. Yo entraba pero me ponía chiquito para que ella no me viera. Así por dos lunas completas. Después en una noche mansa, en que el calorizo puso fuego por las sábanas, tropezaron nuestros cuerpos. La lucha no se hizo aguardar. Mis manos la anduvieron toda, dejé pedazos de labio por el cuerpo asesino y con los labios, semilla mía dañada.

Allí mismo comenzó la vigilia, preso cada quien del ojo ajeno. Hasta la noche que su voz me subió por la oreja. Letra que me saco de la garganta, letra que me quito de la mirada, hasta sumar: ESTOY ENCINTA. Cuatro cruces escribieron de su muerte, cruces que mi cuchillo obligara. Tesa, tesa, tesa, como nuevo Pepé Loló.

Hacía una pausa amplia. Era la pausa para apagar la colilla o lanzar el silbido. Algunos se marchaban, otros llegaban y encendían el Chester porque ya estaba de vuelta el *pues señor que estaba cansado de treparme el muerto al hombro.*

(1968)

¡JUM!

A Rafi Rodríguez Abeillez

El murmureo verdereaba por los galillos. Que el hijo de Trinidad se prensaba los fondillos hasta asfixiar el nalgatorio. Que era ave rarísima asentando vacación en mar y tierra. Que el dominguero se lo ponía aunque fuera lunes y martes. Y que el chaleco lo lucía de tréboles con vivo de encajillo. De las bocas comenzó a salir, en altibajos, el decir colorado, pimentoso, maldiciente.

—¡Jum!

En cada recodo, en cada alero, en las alacenas, en los portales, en los anafres, en los garitos.

—¡Jum!

Por las madrugadas, por los amaneceres, por las mañanas, por los mediodías, por las tardes, por los atardeceres, por las noches y las medianoches.

—¡Jum!

Los hombres, ya seguros del relajo, lo esperaban por el cocal para aporrearlo a voces.

—¡Patito!

—¡Pateto!

—¡Patuleco!

—¡Loca!

—¡Loqueta!

—¡Maricastro!

—¡Mariquita!

Las mujeres aflojaban la risita por entre la piorrea y repetían, quedito.

—¡Madamo!

—¡Mujercita!

Hasta el eco casquivano desnudó su voz por el río con un inmenso jjj uuu mmm. El hijo de Trinidad, cansado de la chacota, se encerró en su casucha a vivir a medias.

El sueño se alternaba de niña a niña hasta que el sol daba el campanazo. Entonces, otra vez las voces.

—¡Que se perfuma con Com Tu Mi!

—¡Que se pone carbón en las cejas!

—¡Que es mariquita fiestera!

—¡Que los negros son muy machos!

—¡Y no están con ñeñeñés!

La Ochoteco, que le daba la fiambrera, le mandó un papelito diciéndole que estaba enferma y que no cocinaba más. Perdolesia le trajo las camisas planchadas y se quejó de la reúma. No se llevó las sucias. Lulo el barbero le dijo que no le tocaba el pasurín. Y Eneas Cruz compró alambre dulce para marcar la colindancia.

El hijo de Trinidad se quedó largo rato con el coco en el limbo. Luego, escondió el rostro en el hombro derecho. Así, callandito, callandito, lloró. El hijo de Trinidad decidió irse del pueblo.

El murmureo florecía por los galillos. Que el hijo de Trinidad se marchaba porque despreciaba los negros. Que se iba a fiestar con los blancos porque era un pelafustán. Y que se había puesto flaaacooo para tener el talle de avispa. En cada esquina, los hombres se vestían la lengua con navajas.

—¡Que el hijo de Trinidad es negro reblanquiao!

—¡Que el hijo de Trinidad es negro acasinao!

—¡Que el hijo de Trinidad es negro almidonao!

Las mujeres, entre amén y amén, sacaban el minuto para susurrar.

—¡Mal ejemplo!

—¡Indecente!

—¡Puerco!

—¡Que es un cochino!

—¡Que es dos cochinos!

—¡Que es tres cochinos!

El hijo de Trinidad ni prendía el fogón para no molestar. De sol a luna bajo el mismo techo. De sol a luna como muerto en la tumba. De sol a luna como monja en el claustro. De sol a luna desgarrando cicatrices. Así, hasta el día pensado.

El murmureo daba cosecha abundante. Que se iba de noche para no decir adiós. Que se fugaba con un fulano cochambroso. Que escupía el recuerdo de los negros. Los hombres se apostaron alrededor de la casa.

—¡Rabisalsero!

—¡Quisquilloso!

—¡Fantoche!

—¡Mimoso!

Las mujeres trajinaron con latas de café y cucharadas de insultos.

—¡Ponzoñoso!

—¡Remilgado!

—¡Blandengue!

—¡Melindroso!

—¡Añoñao!

El hijo de Trinidad esperó que fuera bien noche y salió con un lío en la mano: el traje de hilo, el petrolatum, el polvo *Sueño de mayo,* la esencia *Come To Me,* la peinilla, la sortija. No bien hubo dado tres pasos se le vino encima una sombra y le asestó la palabra.

—¡Malamañoso!

Al levantar la vista vio dos sombras flacas que le impedían el paso.

—¡Mariquita!

—¡Fiestera!

Luego, a la izquierda dos —*Negrito presumío*— y dos más a la derecha —*Negrito relamío*—. Se detuvo. El corazón, *pum pum*. Por la noche se escurrían las sombras. Por los recodos, por los aleros, por los portales. Más, más, más sombras hasta borrar toda luz, dejando la noche sin arrullo ni estrellas, horrible noche lampiña.

Lo empujaron. Los dedos de una mano. Supo el sabor de la tierra. La risa desgajó las quijadas de la comarca. El murmureo era dardo y lanza.

—¡Jondéate pal infierno!

—¡Que no vuelva!

—¡Ni vivo ni muerto!

Las mujeres hacían el coro chillón.

—¡Que no vuelva!

—¡Que no vuelva!

—¡Que no vuelva!

Pudo levantarse. Virojeó para cada lado. Las sombras se multiplicaron como huevas de lagartija. De una, dos y de dos, cien. Siguió.

—¡Ajotarle los perros!

La voz subió ronca y fue a explotar, justamente, en sus oídos. Lo esperaron. Satos sarnosos, satos tucos, satos cojos, satos con el *guau* en el hocico, en el lomo, en las patas. La jauría lo empujaba trecho abajo. Era una procesión. Él y los satos. Después, el pueblo. O mejor, el pueblo, después él, después los satos y al final, otra vez y siempre, el pueblo. Más sangre, más dolor, más risa, más voces, más sombras, más sombras negras de negros, más caras negras de negros, más lenguas negras de negros.

—¡Que no vuelva!

—¡Que no vuelva!

—¡Que no vuelva!

El hijo de Trinidad se retorcía como un garabato.

—¡Que no vuelva!

—¡Que no vuelva!

—¡Que no vuelva!

Extendidos los brazos como cruces.

—¡Que no vuelva!

—¡Que no vuelva!

—¡Que no vuelva!

La sangre calentando por la carne.

—¡Mariquita fiestera!

El dolor abierto en la noche sin ojos.

—¡El hijo de Trinidad
de la pasa estirá
es marica na más!

Llegó al río.

—¡Mariquita!

—¡Mariquita!

—¡Mariquita!

El agua era fría y la sangre era caliente.

—¡Cochino!

—¡Marrano!

—¡Cochino!

Los satos asquerosos se quedaron en la orilla. Las sombras también. Y las voces hirientes.

—¡Mariquitafiesteramariquitafiesteramariquita-fiestera!

Las mujeres todas. Los hombres todos.

—¡Que no vuelva!

—¡Que no vuelva!

La sangre y el agua se gustaron. Menos voces, que, menos *guau*, no, menos sombras, vuelva. El agua era tibia, más tibia, más tibia. Las voces débiles, más débiles, más débiles. El agua hizo *glu*. Entonces, que no vuel-va, que no vuel-va, que no vuel-va, el hijo de Trinidad

glu…
que…
glu…
no
glu…
vuelva
glu…
se
glu…
hundió.

LA MUERTE MINÚSCULA, LA MUERTE MAYÚSCULA

A Tomás López Ramírez

El disparo le hizo un roto en la sien. Con el primer aluvión de sangre se le fue la vida. Una máscara roja le creció por la cara, la cara muerta de Cariño Rodríguez. Corrió. Hasta que el espanto mordió la carrera y el corazón clavó el freno. Los ojos regresaron, vertiginosamente. Después, lentas, las piernas regresaron. Cariño estaba muerto. Muerto con la boca grimosa. Muerto con la mano en el bolsillo, la izquierda, la que guardaba la perrita de apostar a cara o cruz —*una cervecita a que tiran la atómica en Vietnam*—. Eso fue lo último que dijo porque en seguida apareció el roto en la sien. Ahora emigraba una hormiga al roto, ya subían otras, la primera se atragantaba de sangre. Miró a todos lados. Nadie. Fue archivando miradas en rápida sucesión. A la mirada aparejó un *nadie* poderoso que puso ritmo en la tarde, *nadie* que le sacó de un golpe los miedos coleccionados desde que Cariño se fue al piso. Una gota de sudor flaco le bajó de la tetilla al costillar. Miró otra vez el cuerpo de Cariño. Y no lo creyó.

El tiro salió del lado derecho porque el roto quedaba en la sien derecha. Pero en aquel lado no había una rama que escondiera cinco dedos. Ni una hoja. Ni un árbol. De la izquierda resultaba imposible. El tiro lo hubiese tumbado a él pues caminaba hombro a hombro con Cariño. Así que el asesino…

La palabra era graciosa. *Asesino*. Hacía cosquillas por todo el borde del corazón. *Asesino.* Se enredaba por los dientes. *Asesino.* La sonrisa le rajó una pulgada de labio. Aquella gota de sudor flaco mudada recién al costillar le dio una cuchillada, ras, para abajito. Frío. Mataron a Cariño Rodríguez. La primera vez que lo mataban. Como decir que alguien usó la vida de Cariño Rodríguez. Y arriba el sol. Y abajo la tierra.

Lo mejor era regresar, dar el aviso, soltar la terrible novedad, que mataron a Cariño, que el disparo le hizo un roto en la sien, que no había asesino aunque había asesinado, repitiendo su asombro del primer momento, aquel en que vio a Cariño caer con el roto en la sien, no solo repetir el asombro sino aumentarlo, hasta borrar cualquier duda que pudiera surgir, sin tener que oír el relampagueo de los párpados, ni el marullar de la saliva en la garganta, ni el choteo de las manos, ni la acusación mascullada tortugándole la ropa, la carne, el alma. *Miré hasta cansarme, pero no había en el suelo una* pisada, que no fue nadie, que sí fue alguien, que *no vi nada, que no vi nada, que no vi nada,* suplicando a cada cual un préstamo de confianza, hasta que el chusco aquel, aquel o cualquiera, gritó —deja ese cuento chino—. La avalancha de iras comienza a moverse, diente por diente, diente por diente, diente por diente, hasta cercarlo, cercarlo, *cercarme, cercarme.*

La patada cayó sobre la sien, patada solemne. Si Cariño dijera —él no es mi asesino—. Pero Cariño, con el *bam* asqueroso, entró al mundo de los que no dicen, dejándolo enredado en el asuntito de su muerte. Cabrón el Cariño. Cariño se dejó matar para legarle el liíto, para obligarlo a mamarse la perpetua. Para eso el paseo. Cosa de joderlo. No. Nadie creería en su inocencia. Mejor decía la verdad. Perdón. La verdad que no era. Camino hacia el cuartel. Acabó por mal reír. A las dos Cariño dijo: el día está lindo. Y se fueron al campo.

EJEMPLO DEL MUERTO QUE SE MURIÓ SIN AVISAR QUE SE MORÍA

La llaga del costado, bendita sea.
La llaga de la mano, bendita sea.
    —Leoncia, la vela, que se va, que se va.

La corona de espinas le abonaba la frente.
La corona de espinas le sembraba el dolor.
    —Leoncia, que se va, que se va.

La cruz era la estrella clavada en el camino.
La cruz era el camino del Santo Peregrino.
    —Leoncia, sorda estás, monga puñetera.

Los brazos extendidos eran también la cruz.
Los brazos extendidos eran también la cruz.
—Leoncia, no te arresmilles y vete al cafetín.

Los pieses se le ardían del dolor infinito.
Los pieses se le ardían de aquel tan gran dolor.
—Leoncia, mal fin tengas si no buscas la vela.

La cara era una lágrima dicen que muy hermosa.
La cara era una lágrima, pero color de rosa.
—Leoncia, cabrona, date prisa.

La boca sonreía sin decir queja alguna.
La boca sonreía del que no tuvo cuna.

Leoncia se tiró como loca, descalza, la cara hinchada de no poder llorar, qué cosa, de no poder llorar. ¡Con lo que hubiera querido beber llanto! El muerto que se moría era chévere. Los sábados le ponía la peseta en la mano y los domingos la invitaba a jugar a Papá y Mamá. Pujaba inútilmente por un chin de lágrima, un octavito, una ñapa, pero nada. Y el muerto seguía boqueando ante el asombro de su hermana la Soltera, de quien era cortejo desde el año del cólera. Musarañando, llegó al cafetín. Se le revolvió un intestino cuando lo vio cerrado. Viró en redondo, algazara de faldas por el viento, los pasos envueltos en pies, la baba cayendo, el dedo en la boca.

El corazón gigante lleno estaba de paz.
Ni el beso de don Judas se lo quitó jamás.

—Cerrá.

Dos cruces más pusieron donde estaba la cruz.
Dos cruces que guardaban al Hijo de la Luz.

—Leoncia, hija de tu madre, vete onde sea, búscale luz que se queda el ánima en el limbo, tullía, burra, animala, arre, que nos cae encima la macacoa. Mira cómo se le trabucan las comisuras, mira cómo se agita de vernos de brazos cruzás, después que nos ha traído a vivir en puerta de calle. La Tullía se encaramó el dedo por el buche y quiso saber por qué se moría, pero la Soltera solo supo lavarse la boca con porquerías y echarlas hacia afuera, en escupitajos.

—Se muere de pasmo en la digestión. Se puso como un sinvergüenza de la llenura, después quiso vacilar. Yo le decía que hacía daño pero tú lo conoces, desesperao como preso en ayunas. Apechó sin compasión. Y míralo con la lengua derrotá.

En una estaba el bueno que dicen que era bueno.
En otra estaba el malo que dicen que era malo.

Leoncia se tiró como loca, descalza, la cara hinchada de no poder llorar, qué cosa, de no poder llorar. Se colocó la mano en el tetaje para cruzar la esquina de más allá y aterrizar en la sala de Vitalina, tercera pudorosa y discreta.

—Que le preste la luz que el cortejo se le va sin vela.

Vitalina saltó, *No puede ser, no puede ser*, se arrancó la pollina, *No puede ser, no puede ser*, se arrancó una onza de mono, *No puede ser, no puede ser*, se pateó la cabeza y *No puede ser, no puede ser*, dijo cuando dijo que no tenía. Leoncia viró en redondo, algazara de faldas por el viento, dedo sin uña en la boca, beberío loco, pero la Vitalina la revolvió para decirle *Pérate, pérate, llévate esto*. Leoncia se asombró y el miedo le arrendó las piernas. Con paso lentérrimo de araña culona, llegó.

El malo de mirarlo se convirtió en bueno.
El bueno de mirarlo se convirtió en más bueno.

—Que te mandó esto.

Llorando a las alturas los seis ojos hablaron.
Hablaron los seis ojos llorando su calvario.

A la Soltera el pedazo de grito se le atascó en la garganta, pero acabó derramando la linterna por la cara cerosa. Los quince quilovatios asustaron el limbo. El grito forcejeó y se lanzó a algún lugar del camino. El muerto se murió.

La llaga del costado bendita sea.
La llaga de la mano bendita sea.

ETC.

Aquí va un cuento que no es cuento porque ocurrió ayer mismo en la esquina de la Diecisiete. Digo mal, la Diecisiete tiene cuatro esquinas. La Diecisiete del Franklin debo decir. El Franklin que anuncia baratillo en día martes. Casualmente, era martes ayer. Lo casual no es que fuera martes. Lo casual es que hoy es miércoles. Y esta historia es, hoy miércoles, un día vieja. Y por ser un día vieja es demasiado nueva.

Ayer martes me estaba yo en la esquina del Franklin, como todas las mañanas de los últimos meses. Digo mal. Todas las mañanas traduce de lunes a domingo cuando debía traducir de lunes a sábado. El domingo no me aparezco por la Diecisiete. El domingo me redejo en la cama hasta que el mucho vagar me cansa. Después, soy a oír lo que se hace oír: el culto bautista radial vigorizado con pandereta y el desloar bautista de la animalidad hombruna. Al sermón del que me pronostica una muerte oscura se añade el sermón de la que me pronostica una vida oscura. Porque mi mujer orea sus carajos en domingo sirviéndose de mí propio como tenderete. Mi mujer es lunática, prima de la farfulla, enemiga declarada del modal decoroso. Mi mujer no tiene empacho en motejarme de cuentero, labioso, bayoyero y otras lindenzas que mejor no repito. Con todo y la vejación, el domingo se lo regalo para que, a capricho, proponga y disponga. Quede claro pues que en la Diecisiete solo estoy de lunes a sábado. Bien.

Ayer martes me estaba yo en la esquina del Franklin, como todas las mañanas de los últimos meses. Bulto grande el de los últimos meses. Échelo a lápiz. Dieciocho de febrero más veinte de abril totalizan un hombre colgado por las bolas. La fábrica cerró el dieciocho. El diecinueve nos hicimos a la calle, doscientos que éramos. No tiene idea las barrigas que llenan doscientos semanales. Por lo que a mí toca le refiero la mía y la de mi mujer. También la de una tía de mi mujer. Calambrosa ella, antigua ella, con punto de malatía ella. También la de un primo de mi mujer. Atómico él, putañero él, mingo de lo ajeno él. No, ellos no viven con nosotros pero viven de nosotros. Sigo.

Ayer martes me estaba yo en la esquina del Franklin, como todas las mañanas de los últimos meses, viendo con gusto lo que se dejaba ver, que no era sino el ajoro con que la gente cruzaba la calle al permiso escaso de la luz roja o la prisa con que la misma gente se desparramaba por las aceras. Apunte usted este dato: las dos aceras que llevan por la Roberto H. Todd al Condado y al Alto del Cabro son las menos frecuentadas; en cambio, la que lleva por la Roberto H. Todd a la parada Dieciocho abajo y la que lleva por la Ponce de León a la esquina de Telesforo están perennemente concurridas por comadres mercaderas, secretarias en el cofi break, señoras ociosas, amas de casa, estudiantes de la Labra y de la Central. Un verdadero enjambre. Vale ahora que avise de mi gusto por los tropeles, los revoliscos. Donde haya garulla me siento como pez en el agua. La Diecisiete, los mítines, el Hiram Bithorn, los entierros, las procesiones, ¡cuánta gente!, el aeropuerto, el corralón de Río Piedras, los centros comerciales, se hace usted a mi vicio si le informo que, entre tardes, me llego a donde no voy con tal de ir apachurrado en una guagua. La ruta de Loíza, la ruta de Villa Palmeras, la ruta de Puerto Nuevo. ¡Si también el domingo fuera lunes! Me vacila el apretujamiento. Me endroga, caray. Me repito que el juicio final no será espantoso si es cierto que los pecadores vamos a estar pegaditos, pegaditos, los unos a los otros. Pero, todo tiene su cuestión. La de sustos que se padece, la de malos ratos que acarrea esta devoción por la humanidad. La de gente mal entrañada que se abraza a la puerca idea de que uno está empeñado en dar chino. Perdón por la ordinariez. La de gente mal vivida que se chupa, esconde, sume el trasero con tal de no dejarlo, diz que, a expensas de lo que llaman deslavado. A propósito, la otra tarde un magnate, con pinta de gran cocoroco, me faltó de palabra, diz que, porque me le pegué, con premeditación y frescura, a una señora que era su mujer. Juro que el bribón mentía, pero preferí apearme de la guagua antes que afinarle la vistilla con tres mojicones. Adelante.

Ayer martes me estaba yo en la esquina del Franklin, como todas las mañanas de los últimos meses, mirando, distraídamente, lo que los ojos alcanzaban, que no era sino el zarabandeo de unas nalguitas en ánimo de baratillo, nalguitas floreadas que revoloteaban por entre los paseantes, alocadillas, suculentas, silvestres. Aclaro que mis ojos no procuraron encontrarse con las nalguitas. Soy decente de nación, decente al extremo de negarme a mirar las desnudeces de mi mujer si no es a través de una rendija. Repito pues, que mis ojos no turistearon por las floreadas, sino que ellas se arracimaron frente a ellos. Se entenderá ahora mi apretón con esta bendita zona de la Diecisiete. Uno se recuesta de la columna del Franklin y les dice a los ojos: *Sin pestañear que el hembraje está salvaje.* ¡Cuidado! No se me tuerza la intención. Se lo dice uno a los ojos de uno. La boca ni se entera. Primero que nada, la pudicicia. Empato el hilo. Los ojos, mis ojos, apenas si podían tenerse en pie, conmovidos como estaban por las suculentas que ahora se encampanaban hacia las vidrieras de Sanrío y Tom Macán. Como si, repentinamente, descubrieran que las enaguas, los sostenes, las faldas del Franklin no eran otra cosa que leña. No bien las suculentas ganaron una distancia prudente me eché a seguirlas. Nadie reparaba en mi persecución. Digo mal. Persecución traduce acoso cuando debía traducir echar a andar por la avenida Ponce de León con absoluta discreción. Discreción, esa cualidad la inventé yo, quiéralo que no. Y a esa, apareje esta otra: pudicicia. No soy vulgar. No me falto el respeto con una guasa de solar. No me rasco la parte en velado ofrecimiento. Me rasco, sí. Me rasco, glotonamente. Me masajo, a vuelta y vuelta, la vergüenza. Pero, desde el clandestinaje de mi bolsillo. Continúo.

Ayer martes me estaba yo en la esquina del Franklin, como todas las mañanas de los últimos meses. Me estaba en lo que catalogo de furtiva vigilancia de nalgas andariegas. Yo ansiaba que, en algún lugarejo, se armara un remolino de gente, un bochinche de cuerpos, una docena de mujeres pasmadas ante cualquier chuchería de las que suelen pasmar a una docena de mujeres, qué sé yo, cacerolas adiestradas en el guiso, cortes de tela, blusas con rica pasamanería. En español del bueno, que se juntara el mujerío. Allí podría iniciarse, calladamente, una, digamos, comunicación pasiva, lo juro, pasiva, entre mi deseo y las silvestres que ahora de golpe, se detenían frente a un vistoso escaparate. Yo arranqué a mirar el reloj del Banco de San Juan que, dicho sea de paso, está parado en las nueve. Vea el color de mi recato. Mirar un reloj parado con tal de que, ni por yerro, se me tachara de inverecundo. El reloj del Banco de San Juan tiene dos manecillas negras. El reloj del Banco de San Juan es redondísimo. Mientras el ojo derecho se abismaba en la idiotez del reloj, el izquierdo me enviaba por teletipo la información que su rabo recibía. Las suculentas estaban indecisas. Indecisas por menos de un instante pues, en seguida, se devolvían. Tengo dos ojos, uno izquierdo, uno derecho, que miroteaban con reverencia el reloj del Banco de

San Juan. Mis ojos estaban en el reloj idiota pero ese aire que me caminaba a la espalda era el aire de dos nalguitas encantadoras. No, no tenía que verlas. Estaban en la vidriera del Franklin otra vez. Eléctrico, como si James Bond me hubiese entrenado, corrí a guarecerme en otro de los lados de la vidriera, aquel que por dar a una columna impertinente no se visita. Detrás de la columna me estacioné. Lo triste de la estrategia era que la autora de las nalguitas me quedaba de frente. Tipo corriente por el frente. Bajita, espantosamente común. Sin fingimientos, su único atractivo era el traserín. Una de las dependientas del Franklin, trasero de bombín dice mi fichero, sacó fuera de la tienda una batea con medias finas, según gritaba, a precios de quemazón, según gritaba. ¡Vi el cielo abierto! Si las suculentas se interesaban… podría. Si las suculentas y siete señoras se interesaban. ¡Mejor no se podía presentar la mañana! Entonces, cayó la risotada. Ahora verá.

Ayer martes me estaba yo en la esquina del Franklin, como todas las mañanas de los últimos meses cuando una risotada cayó del santísimo infierno. Exactamente del lado de la vidriera que formaba un ángulo de noventa grados con mi escondite. La risotada tenía mucho de pegajosidad, de contagio, era imposible que uno se sustrajera a su… sí… a su fascinación. La columna me impedía ver las dueñas de la risa, pero las pensaba gorda hasta cansar la una, tacaña de carnes la otra, rebosantes de vulgaridad ambas, sin interés traseril ambas. Como las cosas son como son, debo decir que, incluso yo, serio de nación, me sonreí al oír cómo festejaban lo que tenía que ser un chiste glorioso. Jadeaban. Las fatigaba la risa. Lanzaban aullidos de cansancio, un cansancio definitivamente agradable, deseado. De pronto, una de las dos, juro que fue la gorda, dijo: «oye este último». Y empezó un largo bisbiseo al que mis oídos se invitaron. «Al marido lo botaron de la fábrica por fresco. Él pregona que cerraron la fábrica. Pero de eso, nonines. Botado y punto. No, nada de robo ni desfalco. Chino sin ser del oriente. Dando chino a diestra y siniestra. ¡Listerine! Mucha labia, mucho rodeo pero siempre a la caza de un buen tú sabes». La risa salió como un derechazo. «Cada vez que vengo a la Diecisiete me cuido el tú sabes porque esta es su área de actividad». Yo oía pasmado el milagro, reía con el milagro. «Pero, lo fenómeno es que el sinvergüenza tiene una mujer guapísima que se la pega con un elemento que ella hace pasar por su primo». Reían, como si ya nunca pudieran parar, reían sin el comedimiento que debe prevalecer cuando se está en la calle. Reían. De la risa pasaron al temblor, del temblor al ahogo, del ahogo a la tos. Tosían. La tos se mojaba con las lágrimas. Las oí soplarse la nariz. Yo pensaba en el hombre suelto por la Diecisiete mientras su mujer lo coronaba. Yo pensaba que hay hombres descuidados. Mire usted y que ponerse así así en evidencia. Dejarse saber así así la maña. El que tenga su debilidad téngala sin debilidad, sin carpa, sin micrófonos, sin panderetas. No, ese sería un pobre diablo, un infeliz sin oficio ni beneficio, un, un, un.

¡Qué rabia! ¡Qué ira! ¡Qué furia! Las suculentas no estaban. ¡Si hace un momento...! La dependienta del Franklin cerró su batea de medias finas a precio de quemazón. Las suculentas, las alocadillas, las silvestres, evaporadas entre el gentío que cruzaba la calle al escaso aviso de la luz roja. ¡Perdidas! Eché a caminar con dirección a la esquina de Telesforo. Miraba, distraídamente, las espaldas del hembraje. Y, de cuando en vez, los rostros de los hombres. Y en los rostros de los hombres el que pudiera ser protagonista de aquel cuento que no era cuento. A lo mejor, sin proponérmelo, sin buscarlo, descubría el elemento que deshonraba nuestro género. Mapepe, soruma, cabrón, William Pen, etc.

LA MALAMAÑOSA

A Ramón Arbona

La sala se atestó de pésames. Todavía andaba el finado en brete de calenturas y ya se avivaba el tajureo de aguardientes, anisados y salchichones. Las Aves iniciaron la emigración. Una tropa de mantos se comió a la huérfana que se llamaba María Crucita. El nombre se lo puso el finado porque siendo chancleta la esperaba un sufrir.

La nenina Cruz no entendía bien de hipos mujeriles. La nenina Cruz veía al finado en la caja y, majadera, preguntaba que de quién se escondía. Hay que soltar ahora que la nenina Cruz secuestró el corazón del finado dándole en plato diario suculenta zalamería. El finado, para leer, tomaba prestados los ojos de la nenina. Y si la nenina se antojaba de subirse a la luna el finado le ponía la escalera.

La nenina Cruz miraba la caja con su poco de atolondramiento. La nenina Cruz, con palabra gaga, hablaba de una machina de caballitos que llegó ayer a Humacao y juraba que su Papito prometió montarla en el caballito blanco de Napoleón. Una diplomada en piedad razonó, para borrarle la esperanza: tu Papito se ha ido de viaje.

Y la nenina Cruz, cuatro años y una carita lavada por el asombro, desmentía a grito limpio:

—Verdad que tú no vas al viaje.

—Verdad que viaje no hay.

—Verdad que hay caballito.

Una, dos, cien veces. Confiada.

(1965)

LA GUARACHA DEL MACHO CAMACHO Y OTROS SONES CALENTURIENTOS

Donde se comenta el éxito lisonjero de la guaracha del Macho Camacho *La vida es una cosa fenomenal*, según la información ofrecida por disqueros, locutores y microfononotes.

Y señoras y señores, amigas y amigos, porque lo dice el respetable público y el respetable público es el que dice, continúa en el primer e indiscutible favor del respetable público, a través del primer lugar del primer *hit parade* de la radio antillana, después de cuatro semanas de absoluta soberanía, absoluto reinado, absoluto imperio, esa jacarandosa, pimentosa y filosófica guaracha del Macho Camacho *La vida es una cosa fenomenal*, y es que, señoras y señores, amigas y amigos, el ritmo que el Macho Camacho ha puesto a su olímpica guaracha es verdaderamente una cosa fenomenal. Ese trío de tres trompetas trompeteras que integran esos tres terríficos de la trompeta que son el propio Macho Camacho en persona, el Zancudo Marcano y Edi Gómez, no tiene rivalidad cuando a soplar llaman. Ni rivalidad ni comparación. Y esa batería, señoras y señores, amigas y amigos, qué batería más batería. Y qué bien castiga los cueros ese fenomenal artista que es el Corino Alonso. El criminal del bongó le dicen. Y ese cacho de letra de verdadera inspiración, esa letra que habla verdades, que habla realidades. Porque vamos a ver, señoras y señores, amigas y amigos, quién me discute que la vida no es una cosa fenomenal. Lo que el Macho Camacho ha puesto en su guaracha es su alma suya, su corazón suyo, que es también el corazón grande de un hombre del pueblo, un hombre que ha padecido hambre, sí, señoras y señores, amigas y amigos, hambre como la pasa el hombre que es pobre y tiene la mancha del color sufrido. Y ese hombre un día se sienta y escribe una guaracha que es la madre de las guarachas. Y esa guaracha por ser tan de verdad se va al cielo de la fama. Y ahí fue Troya. Porque luego vengan discos y más discos. Pero está bien de lengua. Venga ya la locura del momento, la fabulosidad del momento, la arrebatación del momento. Se me van los pies, señoras y señores. Se me van los hombros, amigas y amigos. El son sabrosón y dulzón me acribilla como los va a acribillar a ustedes. Y señoras y señores, amigas y amigos, aquí está la genuina, aquí está la acabadora, aquí está la Cassius Clay de las guarachas, la ecuménica guaracha del Macho Camacho *La vida es una cosa fenomenal.* ¡Arriba el vacilón!

Donde se narra la miseria y el esplendor de algunos patrocinaoores y detractores de la guaracha del Macho Camacho *La vida es una cosa fenomenal.*

... La vida es una cosa fenomenal...

Aguza la boca porque le sube un eructo cocacolizado, increíblemente enérgico, que se zampa en los sones desveladores de la guaracha. La ubicación del eructo es perfecta; entre el alarido descompuesto de las trompetas y el aguacero de cuerazos del bongó. De las colillas violadas por la impaciencia, tres, levanta una espiga de humo que remata en asterisco. Espera descalza. Si tuviera la boca más grande pensó el senador Reinosa, estaría fenomenal. La boca de Dalila procuraba hallar un poco de espacio en la vidriera monumental del supermercado, un poco de lugar sin la interrupción de los anuncios del baratillo de la semana: jamón de Virginia, papas de Idaho, uvas de California, arroz de Luisiana, carnes de Chicago, chinas de Florida, manzanas de Pensilvania. Aguzaba la boca. Pero el empeño resultaba inútil. *Una ni se ve*, masculló Dalila achinando, penosamente, los ojillos en definitivo intento por precisar los lindes del crayón descuartizado. Con un gesto de insuperable fastidio cerró la cartera. La cartera era blanca, rectangular y negra. Fue a mirar las uvas plásticas, espejismo de un Baco industrial. Los pies conjuntan una bullanga como si el eructo fuera la luz verde del brincoteo. Los pechos golpean las costuras del brasier, ricamente nervudos. Las caderas se dejan caer en remolino y la cintura las recoge en remolino. La cabeza dibuja uno, dos, tres círculos que se corresponden con los tres chorros de regocijada ventosidad que expelen las trompetas. Dalila empezó a mirotear las uvas plásticas con obsesionada delectación. No era la única mujer en pantalones. Aunque los suyos, blanquísimos, se ceñían con menos prudencia. *Menos decencia*, rezongó una de las cajeras, protegida por la honradez de la macrocamisola que diseñó la esposa del norteamericano dueño del supermercado, una bostoniana de los grupos *Clean* a la que espantaba la proclividad sexual del antillano. El senador

Reinosa se pasó las manos por el cabello blanco con un gesto de estudiado desinterés perfeccionado en la intimidad de su ropero de dos lunas. Con el mismo gesto se engafó, desabrochó la deportiva, curioseó su apariencia en una de las vidrieras gigantes y entró en el supermercado. *Como me lo recetó el médico*, chilló una de las cajeras.

... lo mismo pal de alante que pal de atrás...

Con uñas esmaltadas por Germaine Monteil, matiz *frosted pink*, abre la cartera; un bolso de cabritilla, comprado a crédito en Sears, que luce bien en las ocasiones en que se hace pertinente un cierto cuidado abandono. Extrae de la cartera el vaniti comprado a crédito en Penney's. La tapa del vaniti copia el desagradecido retrato de Goya a la Marquesa de la Solana, Gentil *cli*. Las mejillas inundan el espejito y con el rabo del ojo escruta la zona donde los vasos capilares se azulan. Desmonta los pómulos. Investiga la suavidad de la carnación parapetada tras la caricia del crayón Balcony Amber *Para la mujer moderna, el lápiz labial que matricula en su boca una semilla de tentación.* El espejito trepa a la ojera derecha. El espejito absorbe con perversidad la escondida arruga a la que Hilda suplicará la caridad del recato. *Clapp* destemplado.

Mirará la radiografía ampliada que cubre la pared, mirará la fluorescencia del techo y dirá que en febrero comenzó el retraso, debió llegarle el veinte y hubo de esperar hasta el veintinueve, pensó en el embarazo, pero, pero, pero, pero, hace tiempo que Juan Antonio no, tiempísimo, Juan Antonio devorado por la actividad del partido. Además, Benny tiene veinte cumplidos y además no lo mirará a la cara. La radiografía ampliada que cubre la pared mirará. Mirará la pared ampliada que cubre la radiografía. Cubrirá la radiografía ampliada que mira la pared. Gentil *cli*. Una como escondida, distante, inofensiva arruga que oculta la base Revlon. Como escondida, distante, inofensiva pero que no abandona su opción de quitar presente dentro de un momento. *Clapp* definitivo. La enfermera, ¿tendrá que ser negra?, se saca del bolsillo el radio transistor y tararea —felicidad desclasada— la dichosa guaracha que su sirvienta ha convertido en himno. Juan Antonio la llamó desde el senado y le pidió que fuera a ver al médico. *Honey, I don't blame you. The whole damn thing is your nerves.*

... Pero la vida es también una calle cheverona...

Le hace bien el baño de sol, dijo la madre. Subió el volumen de un manotazo y la guaracha del Macho

Camacho manoteó la cara del aire. Le aprovecha, repite cuando doña Chon le pregunta por qué pone al nene al terrero de sol. Baños de sol es la primera vez que me lo tiro, tabardillo del malo le va a dar. *Por su bien, porque el sol lo endurece, el sol le quema la monguera, el sol le espanta la bobación, el sol enemiga el mal de ojo*, dijo la madre. *Fue un trabajo, doña Chon, que me hicieron a mí y lo cogió el nene cuando estaba en mi barriga*, dijo la madre. *El sol lo ha sanado de color, lo ha sanado de carácter, tiene amiguitos que lo quieren*, dijo la madre. *El pai está lo más contento*, dijo la madre. *Dice que la Navidad no lo coge por los Nueva Yores*, dijo la madre. *No lo sabe, se fue cuando el nene tenía tres para cuatro meses y se veía normal*, dijo la madre. *Esa guaracha yo no sé qué jiribilla le hace a la gente*, dijo doña Chon. *Le sirve de bendición el baño de sol*, dijo la madre. En el baño de sol está ahora, rodeado de la muchitanga que encontró en su imbecilidad un juguete vivo que llora, que gime, que se encoge, juguete encontrado en el parque una tarde luminosa de abril. Un niño cualquiera le preguntó *¿Qué te pasa?* cuando lo vio mirar, a través de la trenza de plata que le nacía en la lengua, una exacta procesión de hormigas. La pregunta no llegó a sitio alguno. El niño volvió a preguntar, también preguntó *Qué te pasa* uno pecoso que traía una chiringa en la mano, también preguntó *Qué te pasa* una nena de dientes cómeme. Pudo ser la baba o los ojos resortados o el cuerpo atrincherado en el cuerpo o pudo ser el conjunto siniestro de la baba, los ojos resortados y el cuerpo atrincherado en el cuerpo lo que produjo el descubrimiento. Un enjambre acosado no se atropella como las voces descreídas que gritaron: *¡Es bobo!* La afirmación colectiva impulsó el latido de los corazones. Se batieron palmas, se ofreció la mayoría a mortificarlo. Trajeron ramas y hojas los más feroces. Lo hurgaron, mordieron, orinaron en una sinfonía apoteósica de crueldad. Él se estuvo quieto para añejar un ronquido protestante que se arrancó de la garganta envuelto en llanto. Cuando doña Chon apareció el griterío coreaba *La vida es una cosa fenomenal.*

… arrecuérdate que desayunas café con pan…

Frenar cada dos minutos lo incomoda. Un Ferrari frenado es una afrenta que frena el frenesí. Un Ferrari es una aeronave fabulosa que la fabricadora italiana, gentilmente, permite usar en las carreteras. En Italia está el Vaticano y el Vaticano tiene inmunidad diplomática y el curso de Política Internacional es leche frita y el curso de Historia de la Civilización es leche frita y el curso de mi Ferrari por San Juan no es Paul Newman en *Winning*. El Ferrari no puede importunarse con un frenazo aquí, otro allá, tubería rota, desvío, reduzca la velocidad, *detour*, hombres trabajando, lomo, curva, 25 mph, zona escolar, velocidad máxima cuarenta millas. *Métele a una pista Papi, tú sabes. Métele a una carretera del cará, métele a la carretera de Cayey a Guayama, o sea Papi que ese proyecto de ley salga de tu sesera, o sea Papi para eso nosotros somos más norteamericanos que la bandera de cincuenta estrellas, sácale los pesos american moni a la «Alianza para el Progreso», o sea Papi que si tú haces una pista donde yo pueda volar mi Ferrari, o sea que la juventud puertorriqueña tenga dónde envenenar la paleta de las millas, tú sabes. Benny no va este semestre a la universidad, cuento chino Papi, basura en tarjetitas, hay que leer Papi libros gordos y escribir, que me duele la mano, tú sabes. Y lleno de fupistas, Papi por qué no le echan mace a la Fupi, o sea pisarlos como cucarachas. Papi I pledge alligiance to the flag, o sea Papi que a mí lo mío es mi Ferrari*. Benny pasa la mañana lustrando su Ferrari, luego almuerza en la cocina cuya ventana de cristal da a la marquesina donde se estaciona el Ferrari. Benny dice a mediodía *Qué lindo es mi Ferrari*. Benny dedica la tarde a pasear en su Ferrari, *Papi, me voy a volver loco si no le meto al Ferrari el castigo del speed.* El Ferrari de Benny tiene un radio y el radio tiene una guaracha. *Papi, qué chévere es la música de ahora, o sea que la música de ahora no es la música de antes. O sea que la música de ahora es de ahora. Oye, qué guarachón La vida es una cosa fenomenal.* Benny dice por la tarde *Qué lindo es mi Ferrari y me voy al Old San Juan en mi Ferrari. O sea que el Ferrari necesita una pista.* Benny dice por la noche *Qué lindo es mi Ferrari.* Benny se arropa y dice católico, apostólico y romano: *Ferrari nuestro que estás en los cielos*. Benny se masturba en nombre del Ferrari.

... Ay sí, la vida es una nena bien guasona...

Bebe un trago de cubalibre. La dicha se llama cubalibre. El cubalibre se desenrolla por el tubo estomacal como una boa constrictor. ¡Arriba el vacilón! La guaracha se pone de pie para que todo el apartamiento, todo el edificio de apartamientos, todo Caparra Heights, todo San Juan, todo Puerto Rico se impregne, se sature, se purifique con la moral salvadora que larga el cantante por una boca mestizamente gigante. Más volumen. La Sangre tiene en las manos el bongoncero. Más volumen. Vida es. Aire falta en los pulmones de las trompetas. Más, más, más volumen.

Una cosa fenomenal. Transfusión de saliva pide el cantante. Entonces, por encima del maraqueo y la bayoya y la bebelata y la moral salvadora del guarachero insular, impone sus cuerdas vocales un vecino: *Bajan esa vellonera o llamo a la poli*. Si tuviera la boca más grande, pensó el senador Reinosa, estaría demasiado fenomenal. Y lo demasiado fenomenal es cuento chino. El senador Reinosa caminó, con afectada indiferencia al mostrador de los licores. Saludó a unos pantalones blanquísimos, ceñidos. La ayuda a esperar un trago de cubalibre, el segundo de la tarde, el segundo en veinte minutos. *Te los pasas como telegramas*, le dirá el Viejo cuando, a las seis menos cuarto, la encuentre con el quinto cubalibre en puerta, descalza, los pechos majados con miel. Mira el reló, una esferita con dos rubíes fingidos que le envió de Nueva York el papá del nene. Por el nene lo hace, cada tarde de martes, cada tarde de jueves la película del fingimiento. *Hoy, hoy, hoy: la misa de los cerdos, nena, ponte miel en las tetitas, ponte mayonesa en las tetitas, ponte crema de queso en las tetitas. Sí, sí, sí, sí, te vale veinte con miel, te vale treinta con mayonesa, te vale cuarenta con crema de queso. Por el nene que purifica el cemento con la baba, nene de la vida castrada. Doña Chon, me fajó un viejo. Un viejo de pesos. En el gobierno, de los que mandan. Me lo voy a tirar al cuerpo y el que venga después que cante bingo. Si me busca el nene en el parque le doy su alguito.* Mira el reló, un Bulova achatado con brazal de dieciocho quilates. El senador Reinosa está atrapado en el tapón fenomenal que se organiza todos los días en el tramo que va del puente de la carretera militar hasta la avenida Roosevelt, subiendo por el matadero. El tramo es un infiernillo. Cuando no es el rancio olor a víscera reventada de sato o la agitación de los manglares circundantes es el vaho insoportable que nace en el vertedero municipal. El senador Reinosa enciende el radio. Los resoles se abisman en los parabrisas. Dale con la jodida guaracha.

... que se mima en un rico Cadillac...

La enfermera le extiende el último *Life,* ojea el último *Life,* vuelve con horror y asco unas vistas del Vietnam achicharrado porque ella no tolera ni un minuto de angustia y se detiene, fascinada, a contemplar la casa de Liz en Puerto Vallarta, pasa otra vez la página y oh, oh, oh, oh. Había una vez, y dos son tres, una princesita llamada Jacqueline que se casó con el rey de la isla del Escorpión. El rey, que se llamaba Onassis, era compadre de Midas y tenía los ojos de oro y tenía la nariz de oro y tenía la boca de oro. *Oh, doctor, por la mañana selecciono con meticulosidad el traje, los zapatos, la cartera, los colores que necesitaré por la tarde. Oh, por la tarde luzco el traje, los zapatos, la cartera, los colores que seleccioné, con meticulosidad, por la mañana. Oh, doctor. No se trata de los nervios. ¿A mi edad? ¿Cambio de vida? ¿A mi edad? Joven. Soy joven. Soy una mujer joven. Mi hijo vive para su carro. Mi marido vive para su política. ¿Tengo que decirlo? Para nuestro aniversario. Yo no quería, no sé, el sexo ajá y él.* La enfermera, no contenta con que el radio fastidie tanto con la guaracha, tararea la guaracha, la misma que su sirvienta ha convertido en himno orillero, repulsivo, populachero. Era lunes y Juan Antonio se molestó por lo que clasificó de juicios prejuiciados. En dramático olor de procerato le recordó que ese pueblo orillero, repulsivo, populachero le dio el pupitre en el senado porque su zona senatorial se constituía con las barriadas desvalidas y menesterosas, barriadas que deberías visitar en actividad de rescate social con la compañía gratísima de Pipo Grajales, fotógrafo del *San Juan Star.* Hilda lloró, Hilda lloró, Hilda lloró. Hilda dijo que la sirvienta valía más que la señora de veinticinco años, dijo que si su mamá viviera se iba de la casa, se encerró en el cuarto y no bajó a comer. Cuando Benny llegó la sirvienta le dijo: *La se-*

ñora está entufá, Benny volvió a la calle y le confesó a su Ferrari: *Solo tú me comprendes*. Juan Antonio durmió en el sofá. La mañana del día siguiente Juan Antonio llamó a la puerta del cuarto, ella abrió, tenía los ojos hinchados, dijo que nadie la quería, Juan Antonio le regaló el permiso para comprar a crédito mercancía por valor de cincuenta dólares. Hilda llamó a Verónica y le preguntó si el Vogue Souvenir era de Jean Patou o de Guerlaine, Verónica contestó que no sabía, Hilda y Verónica llamaron a Bebe y Elsa. Elsa aseguró que Vogue Souvenir era de Jean Patou y Bebe aseguró que Vogue Souvenir era de Guerlaine. Hilda se fue a Velasco y allí se enteró de que la pobre María Antonieta fue a su cita con Monsieur Guillotin empapada en fragancias de Houbigant. *Doctor, ¿le gusta a usted la guaracha?* El doctor bajó la cabeza. La verdad sea dicha, el doctor prefería el tango. *Doctor, ¿le gusta guarachar?* El doctor recordó que Gardel anunció que se verán caras extrañas. Corrigió el recuerdo. Lo anunció el *Eclesiastés*.

... La trompeta a romper su guasimilla...

Bajo un sol trastornado de trópicos retumba la burla. Está quebrantada su paz mansa e idiota. Chorreados tiene los ojos como un cristo drogado; chorreados para reducir la cadencia de las sombras que construyen una cárcel de gritos. Los hombres se disponen a proteger el armazón gelatinoso y caminan el uno hacia el otro. Está atrapado y sin remedio en la oscura red de sus seis años desmoronados e inútiles. Está abandonado a la voluntad de esos niños que se rifan la oportunidad de escupirlo, *Yo primero que tengo catarro*. La madre prefiere el parque donde hay niños que poco que mucho tendrán su rabito y las pamplinas que le pueden hacer son cosas de muchachos, él también dará su galleta y está entre la muchachería y pierde el miedo a la muchachería que no se lo va a comer. Y, además, los mayores preguntan y dicen y dejan de decir y es mejor que el nene no llame la atención. La discreción y el espíritu generoso no obedecían al deseo de evitar la florecida de tristeza en un alma hecha de migajas de alma sino a la esperanza de no llamar la atención cuando desapareciera. Tampoco desaparece así así como si fuera madrecita del otro miércoles. No, lo llena de mimos, Sara García, Libertad Lamarque, Mona Marti, lo tongonea, le jura que Papá Dios lo premiará si se porta como hay que portarse y otras sandeces que rebotan sobre las lágrimas que le salen desde que oye decir: *Vamos a tomar el baño de sol.* Hoy no llora. Hoy intenta hundir la tierra con la voluntad de su baba, hundirla con la tristeza de sus ojos de cristo drogado, hundir de la tierra la exacta procesión de las hormigas. Hundir la extensión de este infierno exclusivo que limitan las acacias. Hoy no llora. La madre, sobrina de Sara García, de Libertad Lamarque, de Mona Marti, le dijo al niño pecoso, *Cuídalo. Cuídalo*, dichosa y complacida, el corazón tepe a tepe del dulce misterio de la maternidad. La madre dichosa y complacida se marchó a su asunto. El niño pecoso lo amarró con un cordelito y cuando llegaron los otros jactanció: *Me regalaron el Bobo*. Todos avanzaron a pedirlo prestado y a todos informó: *Es mío y la tierra no hunde*. El azul de la tarde era inmoral; en la distancia las acacias se mecían, las acacias repugnantes. *Es mío*, afirmaba el niño pecoso y tiraba del cordel con rabia de amo profesional: *Mío y de nadie*. Los otros niños, criaturas saludables desayunadas con huevo y tocineta, respondían *préstamelo*, con *coño* de apellido. Los empujones se asomaron. Entonces, todo el dolor del mundo se le espetó en el corazón y el grito estremeció la repugnancia de las acacias y el azul se apardó como un piso de madera sin lavar. Doña Chon también gritaba pero gritaba *Se me hizo tarde, Padre Perpetuo, Gran Poder de Dios, María Auxiliadora*. La carrera no acabaría nunca. Hacia la soledad total de la baba huía. *Hay que amarrarlo otra vez, persíganlo,*

persíganlo. Correr era grato, lo descubría sin descubrirlo. Correr era una alegría que se le revelaba sin revelársele. *Cuidado, cuidado, se salió del parque, cuidado*. La carrera no terminaría nunca.

... que la negra quiere sudar...

O sea que lo importante es que la juventud moderna tenga su voz, que se le oiga. Papi, los jóvenes tenemos material que decir, ideas del arreglo de la vida. Por ejemplo, no es bien que todo muchacho de dieciocho años no tenga su maquinón. No digo que tenga un Ferrari. O sea que la rebeldía y la furia son naturales porque ningún tineger puede pasarse encerrado sin la compañía de su leal carro. Qué cheverosidad la de este Ferrari, se desliza como si estuviera hecho de gasa. Tú sabes que mami y yo no like each other. Yo se lo cuento a mi Ferrari. No me hables de la universidad que eso es comerme el cerebro, la universidad es una cueva de comunistas que se dan la lengua con Mao. Papi, o sea, el reto que yo acepto es el reto de la velocidad. Papi, yo soy joven, los jóvenes somos más jóvenes que los viejos. Es un problema que no puede resolverse; los viejos quisieran ser más jóvenes que los jóvenes. O sea Papi, que me dejes coger fiado una ropa en Unisex. Le meto el paletazo por aquí o me lo corto y se lo echo a los perros, menos mal que mi Ferrari levanta el aire. ¡Ay, Ferrari, no te rajes! Yo no tuve la culpa. Ese muchachito se metió por las ruedas delanteras, brincó como un mismo sapo. Traería una rapidez supersónica. Frené para recogerlo pero había un sangrerío y las ruedas de mi Ferrari estaban llenas de sesos y en la puerta de mi Ferrari estaban los dos ojos. Voy a llamar a Papi. ¿Cuándo puedo lavar mi Ferrari?

Donde se transcribe, íntegro, el texto de la guaracha del Macho Camacho *La vida es una cosa fenomenal* para complacer a los coleccionistas de éxitos musicales.

La vida es una cosa fenomenal
lo mismo pal de alante que pal de atrás.
Pero la vida es también una calle cheverona
arrecuérdate que desayunas café con pan.
Ay sí, la vida es una nena bien guasona
que se mima en un rico Cadillac.
La trompeta a romper su guasimilla
que la negra quiere sudar
que la negra se va a alborotar.

(se repite infinitamente)

(1969)

LOS NEGROS PARARON EL CABALLO

A Nilita Vientós Gastón

Como a puercos o a becerros, como a sacos estibados de granos y especias, como a un rebaño de pinos río abajo. Así así nos trajeron a los cien que seríamos, que ni mal nos contaron a los de Nombre de Dios. Como a una animalada al matadero, calados por el frío serrano de cuando anochece —graniza pesado, créame—, amelcochados por el calor en la piel.

Por la mañana vinieron la escopeta y el Alcalde a avisarnos y un pistoletón rollizo y un cuchillo de cabo nacarado vinieron también. El Alcalde no bajaba a donde el caserío amontonaba nuestras vidas, no, nunca, a menos que de sangre se tratara. Cierto es que los domingos, las mujeres lo veían darse la merienda de hostias y veían la escopeta y el pistolón rollizo y el cuchillo de cabo nacarado comulgar también. Así que su visita un mucho nos sorprendió a todos, rodeado de caimanes, desgraciados y malas entrañas que rompieron nuestras puertas y nuestras ventanas para hacernos salir; pura guapería, de cualquier manera teníamos que asomarnos, bien que con la rabia alomada en el corazón. Pero fría la cabeza. El Alcalde nos habló apoyado en una vaca callosa de las que, a falta de otra voluntad, mataban el tiempo en la plaza; nos habló por un fotuto de cartón que el Cura le hizo con sus manos ligeras y mañosas.

Los que fuéramos no venía al caso, pero una representación nutrida de los hombres y mujeres de Nombre de Dios habíamos de viajar hasta la capital a homenajear a nuestro Bien Amado Presidente en la fecha memorable de su cumpleaños. Quince horas ir y quince horas venir si atrechábamos por los riscales de Pasto Viejo. La cuestión era que a las tres de la tarde del día siguiente nos juntáramos con los otros hombres y mujeres del país a gritar, en un solo corazón y agradecido: *Feliz Cumpleaños, Presidente Bebé*. Una onza de letra más y se ganaba el castigo; habría vigilancia para las gargantas desatentas y un campanazo feroz avisaría el comienzo de la felicitación merecida. Nos habló del entusiasmo compartido. Después, juntos y revueltos, se fueron los *caimanes*, desgraciados y *malas entrañas*, la escopeta, el pistolón rollizo y el cuchillo de cabo nacarado, el Cura y el Alcalde.

Como a fruta amontonada, como a piedra de cantera o bestia humana si se puede; así así todos los que somos gente de este país, prestándole la carne a la garrocha, llenándonos de muertos. ¡Se nos apesta la cosecha de años duros!, quince son los años duros, catorce de vivas al Padre y uno de vivas al Hijo. Esa tarde a las seis nos subimos al camión; cien que seríamos, que ni mal nos contaron. Muerto el Padre también fuimos, las mujeres obligadas a apañarse de luto, el viaje igualito. Otra vez viajamos a jurar que nos complacía que el Hijo se quedara con el mando: a las tres en punto el campanazo feroz nos pidió el grito: sí del mucherío de gargantas. Una onza de letra más y se ganaba el castigo. El Hijo, redonda la cara como un plato, nos incendió de miedos con la palabra de seguir la obra del Padre. ¡Casi nada! Como a puercos o a becerros.

Cientos que éramos, miles que éramos, mar el sudor que largábamos; ojerosos, legañosos y dormidos, cientos y miles de gentes de este país, turbioso el aire de rancio, pies carcomidos y sobacos llagarados, mar de dormidos de pie, mar de silencio tendido por la gran plaza en la que una tarima gigantesca elevaría el tamaño del Hijo. A las tres en punto el campanazo feroz nos pidió el grito: *Feliz Cumpleaños, Presidente Bebé*. Un solo corazón y agradecido. Créame que lo hacíamos bien, otra cosa es mentira, bien y a la vez.

Como una animalada al tamborazo, como un vuelerío de palomas; ojerosos, legañosos y despiertos; pero dónde íbamos a almacenar los gritos que se nos escapaban, el clamor de tantas manos; la oleada de rezos mágicos claveteaba los aires para que unos cuantos dijéramos que no volveríamos a respirar. Total, una balita que no hizo el blanco esperado, consentida fue a meterse en una barriga caimana. ¡Qué más nos daba! Créame, el Presidente Bebé por una vez dejó de ser negro, trampas que le hace a uno el miedo. Los de enfrente cayeron unos pocos, sangre para largo había en la plaza. Arrastrados como a perros, así así nos sacaron a los que habíamos muerto.

Como a fruta amontonada, como a piedra de cantera, como mierda al basurero. Así así nos devolvieron a los cincuenta que seríamos, que mal nos contaron a los de Nombre de Dios. Unos decíamos que otros faltábamos, pero la seguridad de cuántos éramos no la teníamos. No nos confiamos, aunque quien lee el libro de los ojos da con la verdad. Muchos lo pensamos, limpiarle el pico y dejarnos morir tranquilos, si fuera necesario. Volvimos a Nombre de Dios a esperar. La próxima vez lo enterramos.

(1972)

RESPONSO POR UN BOLITERO DE LA 15

A Gilda Navarra

Esta es toda mi historia:
sal, aridez, cansancio.
LUIS PALÉS MATOS

hablar hablar hablar sin que la sonrisa que te dibujaron malamente oprima mi voluntad

A LAS DOS

ahora te tuteo porque la estación del miedo ha terminado

LO QUISO EL ALTÍSIMO

mi llanto y mi tristura hilvanan la mirada que te recorre

EN EL CEMENTERIO MILITAR

ni pajuata ni bobalicona amanda tiene cara de yo no fui sino desafiadora mirada desafiadora subida a la cara mía desde que te fuiste a tu única muerte mirada con su libra de congoja y su onza de llanto que finge un

GRACIAS CAMBUCHA

dolor que es una alegría

SANO POR DENTRO Y POR FUERA

mirada miísima incapaz en lo venidero de abajarse ante lo que no sea el corazón de cristo redentor

SIN MALICIA SIN FALSÍA SIN TRAMOYA

cambucha se te salió de las garras cuando cayó en la cuenta de que la querías para matar chivos decías malagradecida después que la puse a comer caliente y no la dejabas que subiera a verme todavía me pregunto si era malagradecida cambucha por algo ocurrido antes de que me nombraras corteja oficial antes o después del enredo claro que enredo diferente al mío cambucha era más de todo que yo y en el fondo yo como que me molestaba de que fuera más de todo que yo y como que me alegraba de que tú

PERO LAS FLORES NATURALES SE MUEREN ENSEGUIDA

pero agarro la mano de cambucha

SIÉNTATE CAMBUCHA

y tú no serás a regañarme cambucha lavaba las cabezas del biuti de la calle monserrate y tú hablaste con la dueña del biuti y ella Jenny la dueña del biuti botó a cambucha porque le importaba complacerte miedo a que le armaras un foxtró y le cerraras el biuti o le quitaras las cinco secadoras que no sé por qué eran tuyas a menos que se tratara de una

A LAS TRES DE LA MAÑANA

cambucha fregó las salas de los blancusinos de Villa Caparra y hasta le salieron unas manchas como escamas de tanto fregar pero no te dio el gustazo de meterse a puta

VESTÍA DIVINO

total que cogen el golpe no más soltarlo dos veces revolcándote entre tu maldad sucia lo contabas y contabas lo de tu propia hermana la yombina que para tapar la pocavergüenza a la que se dedicaba alquilaba bicicletas no le avisé de tu muerte porque hubiera dicho con razón para qué me avisaste su muerte si él no me procuraba y cuando te pidió la firma para maniobrar un préstamo le dijiste que no y seguiste echándote fresco eso hace tres años deogracias

MIRE

que cambucha es mi hermana de padre este es y el dedo se te salía de la mano mi mano reclinada sobre el peluche

LA CAJA ES PRECIOSA

gris ratón de una caja de a mil largos oigo las guiñadas de los que vomitan zalemas dulzonas y benditos hediondos

LO ARREGLARON BIEN

amanda no permito que en mi velorio circule la comiquería de mi santidad pero amanda necesita que tus alabadores sigan en el danzón de la sin malicia el danzón de la sin tramoya el danzón de la sin falsía

DE LAS TIENDAS MÁS CARAS

amanda necesita que la parada quince entera se informe de la muerte del macho entre los machos más macho que los machos mejicanos cine encanto barrita de chocolate uvina tin tan y su carnal marcelo día de damas

CON UNA TRANQUILIDAD QUE DEBIÓ SER DE DIOS

porque cien lamentaciones son cien razones en la balanza al mapriolo se le zafa decir

DE HILO INGLÉS

a la viuda le tocan muchos american moni no se le zafa lo suelta de guasa a tus alcahuetes y añade hay que meterle mano a la viuda

CATÓLICO

repaso las cuentas del rosario pero me guardo el padrenuestro en una muela y con la cachaza que heredé de ti esta madrugada lo cato de punta a punta hasta que cierra su quincalla de hipocresías entonces

EL CALOR ES DE FUEGO ESTA MAÑANA

para que mi mirada se le apee le comenta al tecato pechiseco que también vino a velarte el calor es de fuego esta mañana y se levanta sobre los tacones para alquilar unas pulgadas sonrió despaciosamente y retengo la sonrisa como tú hacías y veo nacer la sorpresa por cuanto recoveco tiene la funeraria y aunque la viuda tenía cara de yo no fui se apropió por la madrugada de la sonrisa anunciadora de las bofetadas

SE FUE SIN PESTAÑEAR

veo tu sonrisa desinflada y ni una gota de susto se me escurre la sonrisa de deogracias castro era como la licencia para todo lo que fuera canalla te veía sonreír y a temblar se ha dicho sonreír tú y esperar el castigo yo tu sonrisa brincaba de diente en diente como un monito liviano

CABALLERO PREFERIDO DE LA VIRGEN

no me conozco sin temerte bozal el meñique que coloco sobre la mentira de tu sonrisa candado de la muerte mi meñique deogracias castro dieciocho de abril

QUE DICE LA CINTA ALFONSITO

alfonsito no dice nada desde que

RECUERDO DE LOS CHOFERES DE ARECIBO

el mapriolo mete la cuchara dispuesto a ganarme la voluntad y palmea el hombro de alfonsito que no lo mira porque en la funeraria hay un techo y alfonsito solo sabe mirar los techos solo sabe encaramar los ojos por los techos o perderlos en la lejanía los oídos ataponados de silencio

ESTA OTRA DICE RECUERDO DE TUS AMIGOS DE LA MESA DE DOMINÓ

insiste en leer cuanta cinta escarchada cuelga de las coronas

UN ATAQUE AL CORAZÓN

amanda me me me sin atreverte a decirlo porque era morir dos veces la primera en la cadencia desabrida de las palabras fatales me muero y la segunda en la verdad del corazón anudado

FULMINANTE

eras una paila de terror amanda me me me

CUÁNTOS AÑOS TIENE ALFONSITO

tiene veinte

TIENE VEINTE

cumplidos en la bahía de da nang acaso cumpla treinta o cuarenta en la contemplación de los techos alfonsito vestido con esa oscura sensación de lejanía ausente de él mismo más allá de la ceguera más allá de la sordera instalado en el corazón del limbo

BUENÍSIMO DON LEONIDAS

la bofetada le alborotó la sangre una bofetada trabajada a partes iguales por los cinco dedos entonces don leonidas dijo

AYUDABA AL SOSTENIMIENTO DE IGLESIAS Y ASILOS

lo que deogracias no permitía que se dijera don leonidas dijo perdón

UN CANTO DE CARNE DON LEONIDAS

Los insultos se ensartaban sin fatiga cabróndebasuramamauhijodeputacabróndebasuramamauhijodeputa la manada de puñetazos le hizo la cara un lapachar de sangre

HAGAN UN HUEQUITO PARA LA CORONA DE JULIANA Y PACO

amanda hazle un huequito a leonidas aquí se descompuso aquí se arregla amanda avisa a to la quince que arreglé la puercá que me hizo leonidas bebe leche leonidas que tienes que componerte lo envolví en gasa y esparadrapo que anudé bien mal

CON PERMISO DOÑA AMANDA USTED LO TIENE LEONIDAS SATO

don leonidas abre la boca y el asombro lo asombra nada menos que doña amanda llamándolo leonidas sato la gente circula y yo echo mano de la sonrisa que heredé de ti esta madrugada el muy sato me reverencia y se va con el rabo entre las patas a mirar un crucifijo las que me oyen como que se repliegan como hacen los cangrejos cuando se les toca con un palito y una tarde yo te bautizo con el nombre de leonidas sato porque tienes madera de sato y tu certificado de nacimiento dirá leonidas sato porque tienes madera de sato sin que nadie supiera dónde ni quién hizo el certificado del segundo bautizo don leonidas que te cobró doscientos cocos por taparle la vistilla al sargento que patrullaba la quince y después el sargento vino con el lindo vals de que sabía lo que sabía

LA TENÍA COMO A UNA REINA

que la bolita que la banca que la ley que la honradez que disimuló por quinientos de los de a verdad

DE COMER NO QUIERO NADA

no se te escapaba ni tu sombra amanda la cheverona por sobrá porque no quedase un secreto entre nosotros amanda con ese hombre no hay golpe que valga

DESPUÉS ME SIENTO

me le dices hasta las veces que das del cuerpo sí mamá y amanda lo tratas de usted sí mamá y enseguida que te dije que a papá le decían goyo el chévere porque a todo contestaba esta chévere me pusiste amanda la cheverona

QUIÉN TE VA A COSER EL LUTO

seis o siete batitas fruncidas que me cosen en el bazar de la paloma mariquita costurera con bazar y todo dios va a mandar un fuego un día que no se va a salvar ni el médico chino hasta los choferes de arecibo que ligan pasaje en la quince me dicen amanda la cheverona y el mapriolo cantaba la plena maría la cheverona con un tonito malintencionado a ese mapriolo plenero le anuncio que no le doy más cartones de bolita ni libretas de bolipul para que me reclame la consideración que le tenía deogracias y yo le conteste yo corto el bacalao ahora y claro está me sonrío me controlo la mano acariciando a cambucha para no darle su par de bofetadas

AUNQUE EL LUTO YA NO SE USA

dice alfonsito que los choferes de arecibo me dicen amanda la cheverona alfonsito que te llama deogracias alfonsito no le salgas con una pachotá que él es como un padre para ti mira alfonsito oye bien lo que voy a aclararte métete la lengua en el culo y otras cosas bien sucias a pesar de que tenía bigote y novia en el viaducto y se daba sus cervecitas los viernes por la noche eso sí tres o cuatro para alegrarse se las bebía en la misma latita pero que no fueran alemanas que fuera india o corona o criolla manías alfonsito antes de irse a la bahía de da nang se fue al mirador y se encerró por tres días y no quería bajar a comer

AMANDA TE ACOMPAÑO EN TU PENA

y entonces tú decidiste que se fuera el ejército le hace falta que lo enderecen te emperraste en que se fuera a la guerra mamá decía te encargas de alfonsito que es el chiquito y tú decías muchacho pendejo criado con leche pedía y mamá no decía

DESPUÉS DE LOS NUEVE DÍAS

que alfonsito no era hijo de papá

ASÍ PASA EL DÍA ENTERO

alfonsito no era hijo verdadero de papá alfonsito era hijo de un compai de papá y mamá me dijo que papá le dijo te dejo para no hacerte carne de pasteles pasamos hambre y un día vino un señor medio gordo que buscaba una muchacha para corteja nada de velos ni bizcocho con mantecado corteja y punto

LA GRANDE PLÁSTICA ES DE LA FARMACIA REY

para que me lave me planche y me dé el cantito me llamo deogracias castro y yo estaba en el patio batiendo un almidón deogracias le oí decir le doy cincuenta machacantes y me la llevo si está rota que esté rota yo no soy elemento tiquismiquis lo mío es para seguido

HAY GENTE QUE NO ES LAGRIMOSA

me dijistes llévate a alfonsito amanda y yo empecé el lloriqueo amanda a ese hombre me le dices hasta las veces que das del cuerpo y se guardó los cincuenta en los senos por uno de ellos vivía un lunar que resultó un salidero de cáncer me comprastes un día de soledades yo miraba el mar desde mi ventana el mar tan por allá por la costa que lo veía como la cosa imposible triste que amanecí y mamá decía muchacha sacúdete la sosera cuando tú aparecistes era por la mañana no era por la tarde el camino corroía la tranquilidad de cualquiera tanto derroche de espacio y bajamos los tres como los reyes magos alfonsito llorando porque se puso los zapatos el derecho en el izquierdo y el izquierdo en el otro un mes antes cumplió los diez se larga pal ejército o dejo de llamarme deogracias castro

TE ACOMPAÑO EN EL SENTIMIENTO

nadie más a acompañarme en el sentimiento así aprende que el gas pela y el apio es verdura

EN SANTA MÓNICA

mientras recuerdan las gaterías de deogracias castro izquierdita en la colectora izquierdita en el embalse izquierdita en el barrio obrero

CON ALFONSITO

deogracias castro que no perdona ni a las vírgenes del cielo

LE HARÁN UN NOVENARIO DE ROMPE Y RAJA

reverenciaban tu cartel de machote sin que pudieran pensar que la izquierdita de la colectora la izquierdita del embalse la izquierdita de barrio obrero eran fecas de un viejo que escondía su impotencia nunca pudiste ni la primera ni la segunda vez ni la noche del día que me compraste a mí y a alfonsito

NO QUIERO DEJAR DE MIRARLO

deogracias castro que tenía una gallina en cada corral no levantaba para cumplir con su corteja aseñorada tú lo cogías a relajo y me tirabas una trompetilla ni cuando te ponía las tetas entre los muslos ni cuando me llenaba la boca con tu porquería y con chorrito de voz te preguntaba de verdad verdad tengo que hacerlo

ERNESTINA PARA QUÉ TE PUSISTE CON ESO

caliéntame te digo o te vas por donde viniste sonreías y yo miraba la furia bajar tras la sonrisa todos los santos la madre de dios la hostia ofrecida la virgen del cordero la madre de los tomates escupidas por la violencia que desmadraba los ojos y expulsaba el diluvio de carajos tú tienes la culpa me gritabas voy a casa de carmen gallo y gozo largo que no sabes calentarme eso es lo que pasa que lo que sabes es gastarme los chavos tú y tu hermano una tarde alfonsito se dejó llegar a la casa de carmen gallo y averiguó que tú nunca ibas por allí me gritabas voy a casa de concha la invencible y averiguó que tú nunca ibas por allí por allí nunca hubo una tuerta porque concha la invencible no las quería tuertas ni jorobadas que las putas tienen que ser derechas y ver directo decía concha la invencible

BONITA QUE ESTÁ ESA CORONA

orquídeas de un plástico que respira tan natural crisantemos lilas en ruedas de papel crepé

DESCANSE EN PAZ

en la gusanera de los siete pies bajo tierra descansarás en paz

ERNESTINA PON CERCA DEL DIFUNTO LA CORONA DE LOS CARNICEROS DE TRAS TALLERES

alfonsito me mira desde una esquina de su sueño ay ay ay amanda me me me sin atreverte a decirlo porque era morir dos veces la primera en la cadencia desabrida de las palabras fatales y la segunda en la verdad del corazón anudado ya ibas por la puerta ya te llevaban muerto y por la puerta

RESIGNADO

cuando digo

A LAS DOS

sáquele la sonrisa y cóbrese una propina de veinte pesos

ERA UN SANTO

el funerario contesta lo único que garantizo es la boca abierta del muerto y por la puerta muerto y por la escalera muerto y por el zaguán mi garganta suplica sáquele la sonrisa y cóbrese una propina de cuarenta pesos el funerario repito lo único que garantizo es la boca abierta con dos imperdibles agazapados en las quijadas agazapado es palabra de domingo

SEA LA VOLUNTAD DE DIOS

se acabó deogracias castro te estiró la boca y te trabajó una mueca horrible y te trabajó una sobrepiel rosada que el calor derretirá ya mismo mentira que murieras tranquilo mentira mía mentiras tuyas tú no me has engañado bolero que cantaba ruth fernández retorcido del dolor final

TRANQUILO

apagado el brazo del componte teso cosa de ayer tus aguajes memorias tristes tus aguajes que a las dos enterraremos en el fondo árido del militar

COMO QUIEN DICE UN PAJARITO

escupes al que te venga con mamonerías los mismos que me cabrean con la puñalada trapera los mismos que quisieran ver que las bancas se evaporan como el humo balacera tu odio revoltura de la entraña tu odio deogracias castro dieciocho de abril toco tu sonrisa desinflada y ya no hay ira tras ella que suelte las bofetadas la sonrisa asomaba como una promesa de castigo

EL CAFÉ MÁS FRÍO QUE SI TUVIERA HIELO

amanda que te lo zumbo y me dabas en la cara y me amoratabas los brazos y me halabas el pelo

YO NO SÉ POR QUÉ TARDA LA DE NOSOTROS

oigo el aspaviento de tus guiñadas

ESOS HELECHOS PLÁSTICOS SUDAN Y PARECEN DE VERDAD

mientras apuestan que me comerán el cerebro porque la banca que controla la zona de humacao no se deja tumbar no se deja mangonear por veinte mil toletes y las bancas de la quince que son las bancas matrices no se dejan tumbar por cuarenta mil toletes hablan en susurros que entran a mi cabeza la viuda queda blindada por los washingtones dinero de los pejes grandes del sindicato que cocinaban una huelga en un abrir y cerrar de ojos y luego se dejaban mojar la mano y fuápete que se acabó la huelga

NO QUIERO DEJAR DE MIRARLO

alfonsito saca de la cómoda unos pijamas azules alfonsito no oye entregado como está a la contemplación obsesiva de los techos al aire el pedazo fofo del gusto porque me da la gana amanda porque tú eres mi corteja y me tienes que tolerar en pelota así se me orea

GRACIAS ISMAEL

alfonsito sujétalo por aquí en lo que le pongo la cota de pijama

TOME CASI AHORITA

y salistes de la quince en un carro fúnebre pintado de negro fúnebre quién iba a decirte anoche mismo que se te acabaría la bachata y mira a paco bolsas

YA MISMO

paco bolsas míralo echándome los brazos y la peste a desagüe paco bolsas que quería hacerte el rancho llevándome para los niuyores

CÁLMESE DON PACO

mira a paco bolsas llorar

YA MISMITO

paco bolsas de los asopaos a media noche y las serenatas de bacalao a media noche y

FELA BENDITO

tu mano derecha era paco bolsas ese sí que es castao

AY MIJA

rezarte a ti el curita que es más fino que el hilo ese cura es loca con avaricia el cura dijo que nos casáramos que se case él y se deje de sobetear a los monaguillos y de sobetear a la muchachería de los bravos de boston a la que le enseña el catecismo

DABA MUCHA PLATA PARA EL MANTENIMIENTO DE LA IGLESIA

rezarte para nada tratándose de ti cero cielo tramposo con el amigo tramposo con el enemigo con un tapujo siempre en puerta a moncho no le doy más libros de bolipul

COMO EL PAN DE BUENO

ni a toya gerena la bigotúa ni a doña chon para que no le alimente el vicio al vago de su hijo

SERÁ PARA PUERTO NUEVO O LEVITAUN

risa que se precipita como una catarata

LA QUINCE ME GUSTA Y NO ME GUSTA

quince del ferrocarril y del cine encanto y de la placita boada sube uno por la quince con la cartera hincha y ni dios se mete conmigo vámonos para otro lado deogracias la banca está en la quince vete con tu hermano a matar chivos

NO HUBO QUIÉN LO SACARA DE LA QUINCE

cuero reparao y los choferes en la bulla de su guachafita hoy se lo zumban a la cheverona blanquita búscate un chulo que te mude al hilton fresca que es lo que eres que te mantengo a ti y al chulo de tu hermano chulo parásito y todavía quieres enredarme enemiga mía te has vuelto mosquita muerta que tira la piedra y esconde la mano

ANA VINISTE

y el sofocón por mirar a una enlutada moño bajo peine sin brillo cuello que encarcela el cuello medias de lana de las que dan calor

SIÉNTATE ANA

seamos dos a mirarte mirada de dos mujeres con hambre o sed hambre y sed mismamente como hermanas de un lázaro que no revivirá lázaro malo lázaro pérfido lázaro cruel marta y maría que no quieren que resucites de esa jaula de caoba con agarraderas de bronce caja de gente jaitona

SONRIENDO ANA

decide que murió gritando como un afrentao de vida para que sepa de tu apego a la vida leal el deogracias a ese cuerpo que ahora ves ahí tendido me fui de tu parte ana sin que nadie lo supiera ana óyeme todos callamos que las puñaladas se las dio paco bolsas pero todos sabíamos que deogracias castro también tú lo sabías le pagó doscientos a paco bolsas para que quitara al vangelo del medio entran resoplando los muelleros

QUE MUCHAS CORONAS

que dejaban el bofe para tentar la suerte y combinar cuanta pesadilla los atormentaba mujer sin cabeza y va el cero mujer con dos bocas y va el dos mujer con un ojo y va el uno

LES PONEN AGUA PARA QUE PAREZCAN NATURALES

luto celebra el luto como el guarachón de moda del macho camacho celebra la pocavergüenza

COMAY DELIA GRACIAS

la hija más chiquita de la fela le salió lo más paraíta la que pepe daga le hizo el daño la bonitita que la mocería se le salía por todos los poros salaíta como la fela cuando era muchacha

MANDABA UNA COMPRA SEMANAL AL ASILO

y tú pusiste los ojos a mirarla con un tanto de disimulo pero querías que los demás se dieran cuenta de tu disimulo para que tu fama de levantador no reposara yo debía disimular que me engañaba tu disimulo payasos los dos fuimos vangelo te regañó y tú le dijistes que a ti nadie te regaña y vangelo te dijo que la hija de la fela era la hija de la fela y que más te valdría respetar la hija de la fela

COMO SI FUERA A HABER UN TEMBLOR DE TANTO CALOR

de ahí en adelante vino la división del vangelo y tú el vangelo como que está alzándose tú decías y decías la hija de la fela como que tiene un aire de vangelo si no será que vangelo dejó lo suyo en la fela el vangelo

EN ESTA FUNERARIA NO VENDEN LECHE BATIDA

como que me anda cucando tú decías el vangelo como que anda pidiendo su tunda de estacazos ven acá paco bolsas hazme esta muerte y te vas a nueva yor por una semanita de un año y en nueva yor te vacilas las nenas de prospect y cientocincuentiséis.

ESA ES LA DE NOSOTRAS DOÑA AMANDA EMPLEADAS DE LA INDUSTRIA DE LA AGUJA

alfonsito mira la corona que trepan a la parte más alta del tenderete y un cable que decía herido de gravedad y tú decías bruto que es el alfonsito se le metió por delante a las balas volvió como un vegetal y una buena pensión que me endosas enseguida porque una mujer no tiene derecho a tener tantos chavos

COOPERADOR COMO ÉL SOLO

yo voto con el que me ponga en los pesos a mí no me vengan con el chiste de los obreros deogracias que ahí están las monjitas diles que llegó un barco de marineros brasileños que lo suelten ahora que después se lo comen los gusanos y gritabas recua de manganzonas y venías a entregarles la limosna sabiendo que te habían oído hermana cuántos escalones del cielo me tocan si le doy una pesetita amanda me me me sin atreverte a decirlo yo te puse a mirarte en un espejo para que te vieras la hinchazón de las sienes.

LA NOTICIA VIAJÓ CON LAS GUAGUAS DE LA LECHE

porque era morir dos veces la primera en la cadencia desabrida de las palabras fatales me muero y la segunda en la verdad del corazón anulado entonces retuve a alfonsito por un brazo y ni alfonsito ni yo nos movíamos y tú decías amanda me me me

NO TENÍA NADA SUYO

y mirabas hacia el botiquín donde guardabas el pote lleno de las pastillas que debías colocarte debajo de la lengua en caso de gravedad me me me muero los ojos se libraban de los ojos y yo aterrada los veía marcharse a su única muerte sin llamar al médico sin entregarte la pastilla aterrada pero conduciéndote a tu muerte alfonsito y yo verdugos

VAMOS A SACARLO

miro a alfonsito mudarse a los techos los funerarios me complacen ana carga la caja alfonsito carga la caja leonidas carga la caja yo cargo la caja todos los que levantamos contra ti un altar de odio cargamos la caja y cuando ya vamos a sacarte entre lamentaciones y alaridos y convulsiones y llanto del bueno entras por el zaguán subes la escalera jadeante resoplando maldiciendo bajando cuanto santo hay en el cielo por la boca el diluvio de carajos

DAME UN VASO DE AGUA ABRE ESA VENTANA APAGA EL JODIDO TELEVISOR RÁSCAME AQUÍ MÁS ARRIBITA COÑO NO SABES NI RASCAR CIERRA ESA VENTANA TRÁEME EL PERIÓDICO SÁCAME LA GUAYABERA LE FALTA ALMIDÓN A LA GUAYABERA SACA A ALFONSITO DE EN MEDIO DAME UNA CAMISA DE MANGA LARGA VOY A VISITAR A CONCHA LA INVENCIBLE DÓNDE PUSISTE LOS FÓSFOROS DAME CAFÉ LAS MEDIAS QUE SEAN NEGRAS NO HAY TOALLA EN EL BAÑO DATE PRISA ME CAGO EN SEBASTOPOL BRÍLLAME LOS ZAPATOS VUELVO POR LA MADRUGADA

sigues vivo estás vivo y alfonsito sigue mudado a la desolación de los techos y yo sigo padeciendo mi cara de yo no fui y otra vez interrumpistes tu muerte necesaria cuando íbamos a sacarte acaso mañana deogracias castro diecinueve de abril hablar hablar hablar

(1972)

NOVELITA ROSA SIN ANUNCIO DE PASTA DENTAL

A Aida Lois, recuerdo de los años en San Juan

Desfilaban las imágenes del último encuentro —un botellón de plástico corrugado, una cinta azul, una fotonovela de entusiasmado letrismo gótico: más bien un catálogo de inutilidades para asir la memoria— cuando la guagua penetró el corazón del sofoco: levantaban la plaza de Colón, construían un aparcamiento subterráneo, Cristóbal Colón permanecía acostado en el terraplén junto a los almendros que le hacían la ronda. El meado, en el ejercicio de una ternura franca, cultivaba claveles oxidados por la casaca del Gran Almirante; los asambleístas municipales dejaban caer sobre la estatua sus culos oficiales para discutir la necesidad de amenizar las soledades del arrabal; mangueras, varillaje, aplanadoras, grúa descomunal, cascos de acero, piedra caliza, taladros, clavos, picos, palas. Resumen: una partitura de hormigón para instrumentos percusores. Tosió.

La plaza de Colón era la parada final del trayecto, todos los pasajeros bajarían. Tres o cuatro pensó que eran, sumó y eran siete sin contarse ella, sumó oculta en la nubosidad de las lágrimas que la tos destiló, lágrimas precarias que no filtraban sentimientos de marca respetable. Eran ocho los pasajeros y un chofer que caminó hasta la batea de la exigencia mantecosa: Torrente de alcapurrias, vendaval de tostones, aguacero de bacalaítos fritos. El chofer no apagó la guagua y el monóxido parió unas virutas. Innecesario pero haló el timbre.

Bajó la primera con dificultad, la falda ceñida maniataba los tres meses que la barriga empujaba. El polvo coordinaba una sesión de cataratas. Tras la muralla evanescente de color difuso, aunque marrón en ocasiones vio un tatuaje mirarla, de un barco naufragando entre dos olas, más grandes las olas que el barco. El olor mariscoso se le vino encima. El tatuaje no la miraba, sí el hombre del brazo musculoso que le hizo una señal invitadora, ¿alguna referencia en la cara misma, alguna huella que los hombres conocían a distancia? Subió por la calle O'Donnell y llegó a la calle Luna. No tomó la calle San Francisco porque estaría llena de gente; no obstante, les dio permiso a los ojos para regresar a la muralla evanescente de color difuso aunque marrón en ocasiones. En la esquina de la muralla vio la estrechez de la calle San Francisco fingir un dinamismo cosmopolita, vio la vulgaridad de los rótulos sucios que anunciaban los *souvenirs* de Puerto Rico hechos en Japón, vio corrales flamencos y una orquestina mofletuda y santomeña ataviada de calipsos. Por la Luna sigues derecho hasta caer en la San José, nada de taxis, la guagua es más natural, se incrimina quien se apea de un taxi, en la San José doblas a la derecha, la casa tiene dos zaguanes, un caserón de tiempos de España, subes la escalera y llegas a una galería que oscurece un musgo lamoso, como quien no quiere la cosa tocas a la puerta que exhibe el letrero **no se moleste – somos católicos**, a la mujer que se asoma le dices soy Berta, ella no contesta pero anota tu cara en un registro perfecto colocado detrás de sus ojos, la voz nasal de Agustín.

Se llama Berta. Abre la boca para hacerle lugar al grito. Se llama Berta hace 20 años. Abre la boca para que el dolor se acomode en el espacio de la boca abierta y el paladar reniegue y se lamenten las muelas y el nombre mismo quiera cambiarse por María o Carmen Ana. El grito no aceptará las fronteras del cuarto, el grito huirá a la calle, a la modorra que sitia la calle cuando una recula. El policía que ordena el tránsito frente al Palacio de la Intendencia achacará la alteración súbita de las ondas al frenazo del carro que debió aterrizar en el Hotel el Convento, una mujer se llevará las manos a las sienes, y molesta por lo que parecerá a sus oídos el aullido de un perro, el juez cojo del tribunal de menores investigará la procedencia de la de anotación: días son estos de terroristas, dice a su secretaria: sentencioso, acatarrado, basto. Después, huérfano de tímpanos, el grito se perderá en la zona del olvido sin que nadie imagine la tristeza que lo engendró, tristeza dorsal de Berta. Pero la mano rígida trepa la forma del grito, la mano impone una ley terminante: **no grites**, la ley rompe la tensión de las quijadas que se recogen como a filo de bayoneta, los labios pillan la lengua asomada al espacio que nunca llenó el grito, la nariz se encoge, las manos sostienen el abandono del cuerpo, Berta tiende su cuerpo por las sábanas. Como un reptil secuestrado por el miedo.

A LA CABEZA le llegan retazos de ruido, pasos que se alejan, agua que hierve, fuego que mastica las cacerolas, chorro que se estrella contra el fregadero, papel rasgado, expulsión líquida de un recipiente ajustado, trajín metal de una cuchara, picotazos contra una jaula de alambre, pasos que vuelven, vibración íntima de una palangana que se deposita sobre una superficie cubierta con tapete, asonancia recurrente producida por un material vaporoso arrancado de su cilindro, Berta abre los ojos, Berta cierra los ojos, largas tiradas de gas arrancada del cilindro, Berta abre los ojos para ver la casa aturdirse de agua, y Berta cierra los ojos para no ver la gasa aturdirse de agua. Berta distancia el suplicio desatado cuando el aviso mensual no llegó, con una pregunta ronca, ¿ya? La pregunta que se agua en el agua, largas tiradas de gasa, pedazos sueltos de gasa, rebanadas transparentes de gasa congregadas para hacer la matanza entre las piernas. Por el silencio aparatoso cabalga la orden seca: **estira las patas**. La espalda no se aquieta, desfachatez del hueso sacro, Berta vuelve un costado, finalmente la espalda respira, encoge las piernas porque un ataque de pudor la lleva a ocultar el sexo peludo entre los muslos, encoge las piernas por menos de un segundo, pronto adivina que la posición impide la faena, regresa a la posición anterior, el fomento del bajo vientre, una cruzada de gasa para rescatar la santidad de la entraña, anestesia mentira con alcoholado y varillas de azucena.

Grumos de sol paz en su bochorno por la cretona de la ventana que si abriera daría a un patio escaso que comparten cuatro vecindades indiferentes, un limonero se levanta entre el exceso de poleo y otros jardinismos fragrantes: hierba luisa, o menta, ruda, míramelinda, albahaca. La humedad fabrica el olor desgarrado que respira el cuarto, cadalso de vientres que sirve a la muy noble y muy leal sociedad sanjuanera en jornada regular. La oscuridad se hizo para este cuarto o este cuarto se hizo para la oscuridad que sube en oleadas ruidosas hasta el techo parapeteado tras la distancia, sin que los grumos de sol que pacen su bochorno por la cretona de la ventana ni la luz que gimotea la lámpara puedan detenerla. El almanaque de fervor mariano, el crucifijo, la cama repujada de garambainas se recortan penumbrosamente, cuando se medioabre la puerta, acontecimiento que se repite cada día, a excepción del domingo, cuando llega descansa y misea.

La mirada ilesa recorre las paredes ladrilladas con un rigor militar y pervertido, los extremos superiores que lindan con el ligamento, las márgenes descascaradas, luego las manchas de insecticida, más abajo el cadáver de una mariposa, más abajo el crucifijo, más abajo la palma alegórica del Domingo de Ramos. El dolor está maduro, lo acusa el acogimiento del cuerpo, **¿tanto me va a doler?** El dolor es inmejorable, el dolor es, ahora mismo, tan perfecto que ni duele. Berta se incorpora torpemente y borracha de tristezas. La mano rígida que impidió el grito sostiene una palangana satisfecha de gasas, gasas satisfechas de sangre. Mal vista, acaso en el umbral de una borrachera de tristezas, la palangana semeja una isleta de fantasmagorías; la mujer cuyas manos profesan la muerte semeja un búho insomne, cuerpo que no ondula, desnalgada, sin aguaje de teta, la carne alechada; no parece de tres, parece de cinco, aunque Agustín le dijo: me gusta porque no habla, la voz nasal de Agustín, tomaban café en un bar de Capetillo.

Árabe, le dijo Agustín, un bar árabe en la calle de los capuchinos, tiene la grandísima ventaja de que el dueño se llama Siul Leafar, no le dijo que el establecimiento ostentaba los resabios mudéjares más soeces (pergamino de cuero de camello curado con jarcha, mural de azulejos que figuraba el palacete toledano de don Pedro el Cruel); tampoco le dijo que la intensidad vocal de Lucecita surtía la vellonera de gitanas errantes, hojas muertas y amores contrariados, conozco una mujer que se dedica a este asunto, Berta y todas las Bertas repetidas en los espejos que inundaban el bar árabe acabaron el café de un solo sorbo. El café sabía mal, sabía mal esta aurora de neones que fingía la habitual poesía de la noche, sabía mal la fotonovela de entusiasmado letrismo gótico que agasajó su espera, mal la cinta azul que le ataba los cabellos, o mal el agua del botellón de plástico corrugado, sabía mal la palabra asunto en boca de Agustín, bobería e inflada de muchacha que pierde el virgo, ni la última ni la primera, trauma semillado con himnario a las vírgenes inmaculadas, me gusta porque no habla. Berta escurrió la bombilla y susurró la semana que viene, Agustín y todos los Agustines repetidos en los espejos que inundaban el bar árabe dijeron yo puedo darte 10 pesos de los 70 que vale, pagó una peseta y dejó un vellón de propina, una multitud de Berta y Agustines caminó hacia la puerta reverenciada por los gorjeos tristísimos de Lucecita, todo tiene su arreglo menos la muerte, la voz nasal de Agustín entraron a un sol hirviente.

ARRUGA LA GARGANTA, y contesta si fuera de cinco lo paro y me voy de casa. A los tres es mancharón de sangre, de tapaboca y ella le pregunta si le duele, no duele, molesta, dolerá tender la mano con el dinero, dolerá terminar con la aparición de Agustín en lo alto de la esquina, infrecuente, después de aquel sábado en el motel de Trujillo Alto encontró las excusas más diversas para no venir, era de febrero el cuerpo resbaloso que el placer hizo con los cuerpos de Agustín y Berta, después el llanto y las promesas, falsas todas, Agustín declaró su incapacidad para vivir bajo el mismo techo con una mujer que soltaba prenda tan pronto, a lo mejor pago yo la vajilla rota por otro cualquiera, Berta también se asustó cuando vio que tenía las uñas llenas de sangre y Agustín se pasaba el pañuelo por la cara y le decía quítateme de enfrente que no quiero partirte la cara, Agustín yo creía que tú eras bueno, exaltó su pureza y juró por ese Padre que está en los cielos que tú has ido el único hombre en mi vida, no me cantes ese tango Berta deja de leer a Corín Tellado, sacártelo, el sábado hablamos en el bar árabe, calle de los capuchinos, Río Piedras.

La guiñada que hablaba el lenguaje cargado de intenciones la mareó como un anís sazonado con ron, así tropezó con el juego que el muchacho inició cuando afirmó una verdad dogmática: **llueve**; la sonrisa se le apeó de los labios, quiso engavetarla pero la oyó resistirse, pasmarse en los labios. Por la lluvia huyeron a una conversación en la que confesaron llamarse Agustín y Berta, secretaria ella, negocios propios él, con papi y con mami y una hermana en una de las calles que mueren en la Eduardo Conde, él vivía también con su mamá. Abundaron en la novela de sus vidas y se detuvieron en los capítulos antológicos: la nariz chata de ella, la carne a lechada de él; escampó demasiado pronto. Hubiesen preferido un aguacero impertinente, ella estiró la mano para que él le dijera no te vayas y ella contestar me tengo que ir. Pero él se limitó a preguntar cuándo te veo, la oyó responder mañana.

Cuando salga a la galería que oscurece el musgo lamoso oirá cómo sus pasos se separan del acto mismo de bajar para hacerse enseguida recuerdo de unos pasos que, años atrás, inseguros, dio por la calle que parecerá racimo de una dolida vendimia. Más rápido de lo que le patrocina su debilidad andará, desfilarán esquinas, cuando llegue a la calle que acaba en la plaza de Colón, junto a la muralla evanescente de color difuso aunque marrón en ocasiones, sentirá que un calentón disfrazado de sangre se aventura pierna abajo. Entonces, se doblará como quien corrige la postura desviada de una media y pasará la mano y seguirá caminando y volverá a doblarse y verá la sangre disfrazada de calentón juntarse con la colilla y la saliva y oirá el tatuaje del barco naufragando entre dos horas decir: esa mujer se mareó. Y unos círculos como de niebla o de un humo pálido. Tirada en el suelo pensará que el bolero de la lluvia le propone un ritmo cadencioso, gustosísimo se dejará invitar, sangre y agua enamoradas.

La falda y la blusa puestas, como si todas las muertes la ocuparan, Berta oye la receta: no se levante hasta mañana o pasado, Berta dice no me levantaré y abre la puerta como quien ha gastado la capacidad de abrir las puertas. Cerrada como está la puerta, no puede oír que Yeya, búho insomne, en susurros fatídicos protesta: necesitamos más clientas, levántate o te pego, los ojos desbocados Yeya, Mami que tengo sueño, con la voz desfalleciente, caracoleado y suplicante, la voz nasal de Agustín.

(1973)

OJOS DE SOSIEGO AJENOS

A Mercedes López-Baralt

Quítame, blando sueño, este desvelo
o de él algunas partes,
y te prometo mientras viere el cielo,
de desvelarme solo en celebrarte.
QUEVEDO

El cuento que les propongo es sencillo. Nada hay en él de acertijo o misterio innombrado, una metáfora no hay, una sola no debe haber. El cuento que les propongo tiene un personaje único que mira el reloj único de su habitación única. La repetición exhaustiva del adjetivo único cumple el propósito único de recordar que el personaje único es un hombre desamparado y que el inventario de sus posesiones no admite el plural. El personaje único aparece en el cuento en el momento único en que mira, con atención sospechosa de enfermedad o locura, las agujas del reloj único. La aparición única del personaje único no está condicionada o sujeta por hora alguna de la noche o el día. El personaje único utiliza un gesto único para efectuar un acto único. El acto único de mirar las agujas del reloj único. El gesto único es un gesto de espanto único o cualquier otro término que aluda a un horror único retenido en el rostro. Porque el personaje único no duerme. El personaje único hace diez días que no duerme. Los ojos del personaje único muestran un cansancio de veinte. El cuerpo del personaje único muestra un cansancio único mezclado con los signos fatales de la derrota, diez días con pausa única para comer y beber y padecer el cansancio único mezclado con los signos fatales de la derrota. Procede una aclaración única: el personaje único tiene un sueño único, ineludible como la muerte y el día, como la noche. El personaje único sueña en su sueño único que no duerme. El personaje único sueña la sucesión de las auroras frente a su espanto único o cualquiera otra palabra que aluda a un horror único retenido en el rostro. El personaje único aguarda cada amanecer el cansancio de otro día despierto. El personaje único aguarda cada noche el sueño único de que está despierto.

(1975)

LOS DESQUITES

A Glem y Gregory Rabassa

Digo qué hace ese negro con esos dos ojos azules y se ríen hasta las vísperas de mearse mi hija Puchuchú y el negro que la acompaña. Ella dice los compró y aguajea quitárselos y el aguaje lo aprovecha para atornillarse el ombligo con el ombligo del negro que es un negro muy lindo y bien plantado como una casa de dos pisos y que abraza a mi hija Puchuchú por las nalgas. La risa los acoge y desordena. Digo los negros no usan ojos azules y mi hija Puchuchú dice los usan si los tienen y los tienen si los compran y los compran si los vende un blanco elegantón que necesita la cura y la cura cuesta cara y la cura cuesta cincuenta billetes la onza y como Fortuna tenía los cincuenta pesos se compró los ojos azules de un blanco porque Fortuna ay es un negro muy especial. La risa se les adentra en los huesos finales. Digo los blancos son muy dueños de sus cosas y si fueran a vender sus ojos azules se los venderían a otros blancos. La risa los maltrata doblándolos como acordeones que tocan descaradas plenas cangrejeras o plenas del difunto Cortijo. Digo si era blanco el que vendió los ojos azules hedería a lo único que hieden los blancos. La risa se les vuelve taconazos por el linóleo y un beso de chupón. Mi hija Puchuchú me va a preguntar yo no sé qué, pero el castigo de la risa no la deja. La risa que ya baja corriente y ruidosa como agua le arranca un peíto tumbador a mi hija Puchuchú y el tal Fortuna se tumba a levantarla y cuando ya la tiene frente a sí, aunque de todos modos reguereteada le recuerda Puchuchú Cosa Bonita vamos a lo que vinimos que desde anoche no le doy mantenimiento. La virazón de la risa los tumba otra vez y como se están muriendo de la risa yo les digo cuidado que no se mueran de la risa y me pego al seto para que la repentina crecida de la risa no me arrastre hasta donde ellos son ahora un remolino. Mi hija Puchuchú y el tal Fortuna que la acompaña se ríen tanto que la risa parece que va a tumbar el mirador y todavía Puchuchú saca las fuerzas que no le quedan y pregunta a qué hieden los blancos, Mai. La risa les trastorna las barrigas porque mi hija Puchuchú siempre se ríe con la barriga y el tal Fortuna parece que también o acaba de contagiarlo mi hija Puchuchú porque se desabrocha la guayabera y se soba el pelambre grifo de la barriga como si la barriga le doliera. Digo yo no sé de los blancos ni me junto con los blancos y cuando tocó juntarme me junté con tu Pai que era un negro muy lindo y bien plantado como una casa de dos pisos y era un negro ay muy especial y que vivía con el güevo encandilado. El tal Fortuna pronuncia una carcajada que lo tumba sobre mi hija Puchuchú y mi hija Puchuchú le acaricia con amores la cereta. Desde debajo del tal Fortuna y anunciando me meé de la risa mi hija Puchuchú me repite la pregunta a qué hieden los blancos, Mai, y la repite, dime Mai a qué hieden. Digo Puchuchú no me jorobes que del hedor de los blancos sabes tú más que nadie que los sábados por la mañana subes más de un blanco al mirador y todos los sábados por la tarde viene el mismo blanco de los sábados por la tarde y le digo al tal Fortuna que fue un blanco hediondo el que la desgració y le digo al tal Fortuna que por meterse a hombreriega que solo se negocia con los blancos fue que el Pai se me fue de la casa. El tal Fortuna así así y sin más deja de reírse y así así y sin más se le quita de encima a Puchuchú que es menos drástica o quiere ser menos drástica y quiere forzarse la risa y todavía simula reírse pero la risa ni le corre ni le hace ruido. El tal Fortuna se abrocha con cautelas la guayabera y con iguales cautelas se acicala la cereta y en el fondo del tal Fortuna ya está visto que algo terminó o está por terminarse porque mira como derrotado o perdido. Mi hija Puchuchú que es menos drástica o quiere ser menos drástica brinca de la risa a la sonrisa y de la sonrisa brinca a suplicarle con la mano y cuando el tal Fortuna se resiste brinca como una gata a la pelea y pelea a grito que grita pero mira Negro celoso si tú no eres marido mío ni cosa que se parezca pero mira Negro celoso si yo te dije que con las cuestioncitas de los sábados me buscaba el billetazo y empataba la pelea pero mira Negro celoso si yo te dije que Mai estaba más loca que una puñetera cabra desde que Pai la dejó por una blanca. Mi hija Puchuchú no esconde la desesperación que florece en llantén con baba ni evita las palabras puercas que bajan corrientes y ruidosas. Digo hija mía Puchuchú las negras que nacimos en Culo Prieto no hablamos con palabras puercas y le digo al tal Fortuna con los negros se revuelca pero se enamora de los blancos y por los blancos ella sufre como si ella fuera blanca y ensarto a esas falsas denuncias otras falsas denuncias que me invento con entra y sale de machos y no paro de memoriar hasta que mi hija Puchuchú me para de un bofetón que me tumba. El tal Fortuna descree con la cabeza y dice estás más loca que tu Mai loca y recula hacia la puerta. Mi hija Puchuchú brinca como una gata que brinca y se cuelga de los hombros poderosos del tal Fortuna y lloriquea desconsolada cuando le pide Fortuna no te vayas y padece vencida cuando le ruega Fortuna dame un chancecito y se arrastra fracasada cuando le susurra Fortuna si ves que te acomoda mi sabor nos acomodamos y me quito de puta. Digo desde el linóleo te repito Puchuchú hija mía que las que nacimos en Culo Prieto no nos ensuciamos la boca con tantas palabras feas y en cuanto lo digo me domina la cara la patada de mi hija Puchuchú que ya no sabe hacer otra cosa que no sea chillarme y escupirme y patearme y amenazarme primero acabo yo con tu vida que tú con la mía y amenazarme te voy a volver cuerda a golpe limpio. El tal Fortuna parece que se está yendo porque unas prisas bajan del mirador. Ya no digo Puchuchú hija mía nosotras las que nacimos en Culo Prieto ni ya digo qué hace ese negro con esos dos ojos azules ni ya aposento una sílaba en la bemba porque la bemba me la hiende un tapaboca y en la bemba me revienta espeso el buche. Mi hija

Puchuchú ve el buche de sangre y así así y sin más recula y parece que se está yendo porque adivino los pasos sordos y lentos bajar el mirador. Cuando acaban los pasos no escondo la alegría que florece en sonrisa con baba y decido poco a poco levantarme y poco a poco bajarme la hinchazón con fomentos de hielo y poco a poco enderezarme la salud y ponerme otra vez buena y sana para otra vez y hasta el final seguir haciéndome la loca puñetera para no volverme loca de verdad.

(1983)

CUENTOS DE APRENDIZAJE

EL TRAPITO

Volvió la vista y se enfrentó a aquel río de vida que se abría frente a él. Un hilo de sangre corría lento por el camino del tenducho. A ratos el líquido se detenía y coagulábase. Luego, como fuente rota, brotaba más y se plantaba de muerte la senda. Una sensación de horror le sacudió todo el cuerpo. Con paso vacilante comenzó a caminar por la ruta marcada. El machete temblaba aún en su mano.

Se detuvo. La jinchera se le había acentuado y su rostro parecía una lámina transparente. Quiso mirar hacia atrás, pero no pudo.

Siguió. El cielo comenzaba a llorar. Un llanto espeso mojaba la tierra que ahora reía de contento. Aquella lluvia le pareció roja.

Corrió a guarecerse en el platanal de Lolo. Las plantas estiraron sus hojas... rojas, rechazándolo.

El recuerdo le perseguía. No pudo más. En veloz carrera se dirigió hasta el río para lavar sus manos, su machete, su conciencia... ¿su conciencia?

Apenas llegaba vio cómo el agua se tornaba rojiza y en la superficie un trapito rojo, blanco y azul iba rompiéndose, resguardándose, quedando separados los colores.

Metióse al agua en busca de aquella extraña visión que se alejaba más y más. Siguió río adentro hablándole a las rocas, al agua, a la tierra húmeda y negra, a Dios.

Ya apenas se veía su cabeza desde la orilla. Siguiendo aquello que se deshizo en pedazos, se perdió Chano López.

Chano López era un hombre de esos que no matan ni una mosca. De carácter pacífico, a la buena de Dios, daba la impresión de un animal doméstico, manso. Era bajo, bajito, tanto que la gente del pueblo decía que su madre murió del susto creyendo que había parido una lagartija.

Poseía este Chano una tiendita que era abastecedora del barrio y sitio de reuniones sociales, políticas, religiosas y de todo grupo que gritase, patease y cacarease. El lugar era viejo y algunas de las tablas de las paredes se habían despegado formando rendijas por donde el sol pícaramente se colaba y los lagartijos entraban y salían.

En una esquina sobre una mesita hecha de cajones de bacalao, había un pequeño escaparate de guardar el pan y la mantequilla. Al lado, un barril apestoso a tocino, con pretensiones de aparador, exhibía una batea llena de dulces de coco, la golosina favorita de la chusma pueblerina. El blanco brillante del dulce de coco contrastaba con el resto del lugar. Pegado al barril había un coqueto letrerito que rezaba así:

«El que se come uno

se come veinte».

En la pared, aguantado por clavos de acero, había un trapito blanco, rojo y azul.

Sábado. Aquel día Chano López hacía gran negocio. La mercancía se estaba vendiendo como pan caliente y el constante tintineo de las monedas al caer en la caja de cigarros que hacía de registradora parecía repicar de campana.

—Don Chano, que mamá me dijo, que Chole le dijo que yo le dijera que guardara una libra de pan.

Era Pepito el que hablaba, un jibarito de carita sucia y de pelo bronco y duro, pasa que pedía a gritos una peinilla.

—Como usted diga, Pepón —contestó Chano, embromando al chiquillo.

—Una breva, Chano —gritó un hombre «sudao» que acababa de llegar. Chano se apartó de Pepito y se fue a atender al cliente.

—Está ese condenao sol que pela. Este mes no ha llovío y la tierra está encabroná. El camino pa su tienda está duro, seco, con piedritas que jincan a los que andamos descalzos —murmuraba el hombre chimenea.

—Don Chanito, venga acá —era Pepito con la voz y tono del que va a pedir algo.

—¿Qué pasa, Pepito? —exclamó el bueno de Chano.

—¿Por qué usted no vende estos dulces de coco coloraos como en el pueblo? Son más bonitos.

—Muchacho, ¿qué avispa te ha picao? Me has dicho eso como mil veces —decía Chano retirándose a atender nuevos clientes.

Pepito quedó mirando la batea. El cabalgar de un caballo lo hizo volverse. Por el camino de la tienda llegaba Juan Macho montado en su brioso corcel.

Juan Macho ¡rosto de careta de carnaval! Una cicatriz le comenzaba al final de la boca extendiéndose hasta la oreja izquierda dando la impresión de una sonrisa inmensa, fría, muerta.

Pepito, al verle, se escurrió por la ventana.

El hombre ya casi llegaba al sitio donde se amarraban las bestias, pero no se detuvo. Siguió cabalgando y con gesto imponente entró, montado en su caballo a la mismísima tienda. Algunos hombres se retiraron poco a poco.

La voz de Juan surgió entonces imponente.

—Qué tal Chano, vine a llevarme los chavitos del día. Necesito coger una jumera grande.

Bajó del caballo. Fue a la cajita y con lentitud premeditada cogió todo el dinero. Luego subió al caballo, salió en reculeo y se perdió por aquel camino de zarzas, de odios, por aquel peñón alto que solo él transitaba.

Los hombres, los que habían quedado, le vieron ir. Los hombres, los que habían quedado, se fueron yendo uno a uno, sin hablar, sin decir nada, sin sentir.

Chano quedó solo mirando la cajita vacía. Ya se volvería a llenar, y la esperanza le alumbró el corazón.

Miércoles. Hasta la tienda se dejó caer Pepito con un chavito prieto «pa dulce e coco».

—Don Chano, ¿cuándo va a hacer dulces coloraos?

—Muchacho, no chaves más —contestó el hombre que parecía se había levantado hoy por el lado al revés de la cama.

Pepito riéndose echó a correr por el camino de algodón de la tienda. Casi tropieza con Juan Macho que venía por aquel camino duro y seco.

—Concho, ¿no tienes ojos? —gritó Juan echando a un lado al chiquillo, que siguió corriendo cuesta abajo como alma que lleva el diablo.

Macho llegó a la tienda.

—Adiós, Chano, ¿deónde sacaste ese trapo pintorretiao? Mira que hace tiempo que vivo aquí y no me había fijao. Ten cuidao. Te vas a fastidiar.

Chano quedó calvado al oír aquel hombre hablar. ¡Trapito pintorretiao! Aquello que era para él lo único decente en el mundo. Lo único que vivía con él, que sufría con él.

Se atrevió a hablar.

—No vuelvas a decir eso, Juan. No me gusta —su voz sonaba extraña.

—¿Y quién eres tú pa decir si te gusta o no lo que yo hablo? No me jorobes mucho porque lo escupo y después lo rompo en tus propias narices.

—Atrévete, Juan Macho, si eres hombre —gritó Chano herido.

Juan dio un paso. Chano se acercó lentamente mostrando un machete. Juan, riendo, se acercó a escupir el «trapito». Ya alzaba su brazo para alcanzarlo cuando el machete habló. La sangre brotó rápidamente y Chano siguió dando más, más y más machetazos. Perdía la razón. Estaba sudoroso, jadeante. La sangre de la bestia llenaba todo... hasta la batea: ¡los dulces que Pepito quería! Los dulces blancos eran ahora rojos.

Chano, como loco, corrió a la puerta. Con inmensa voz gritó:

—Pepito, ven, ven hijito. Ya te hecho tus dulces coloraos, ven, ven, Pepito —siguió gritando hasta casi quedarse mudo.

Volvió la vista y se enfrentó a aquel río de vida que se abría frente a él. Un hilo de sangre corría lento por el camino del tenducho. A ratos el líquido se detenía y coagulábase. Luego, como fuente rota, brotaba más y se pintaba de muerte la senda. El cielo comenzaba a llorar. Corrió a guarecerse al platanal de Lolo. Las plantas estiraron sus largas hojas rojas rechazándole.

El recuerdo le perseguía. En veloz carrera se dirigió hasta el río para lavar sus manos, su machete, su conciencia... ¿su conciencia?

Apenas llegaba vio cómo el agua se tornaba rojiza y en la superficie un trapito rojo, blanco y azul iba rompiéndose, rasgándose, quedando separados los colores.

Metióse al agua en busca de aquella extraña visión que se alejaba más y más. Siguió río adentro hablándole a las rocas, al agua, a la tierra húmeda y negra, a Dios.

Ya apenas se veía su cabeza desde la orilla.

Siguiendo aquello que se deshizo en pedazos, se perdió Chano López.

Cuento premiado en el certamen literario celebrado por la Facultad de Estudios Generales de la Universidad de Puerto Rico.

(1957)

LA ESPERA

(Un cuento fotografiado)

Cuatro paredes. Un mundo oscuro y solo. Una puerta siempre cerrada y un hueco pequeño que se empeñaba en llamar ventana. Una cama de hierros, una coqueta con un espejo y una butaca. Nada más. ¡Ah!... Ella también. Otro mueble de aquella cueva negra. Pero ella no importaba.

¡Georgina!

Tirada en la cama sin moverse, casi sin respirar, parecía una estatua inmensa. Rostro blanco de suavidad de algodón. Sin colores que la alegrasen se veía más pálida aún. La bata transparente le marcaba más la delgadez y mostraba su cuerpo enjuto y sus carnes blandas y flácidas.

Dio media vuelta y se puso en pie. Caminó hasta el hueco y miró hacia fuera. La calle estaba sucia y llena de amarguras. Pensó. Siempre lo mismo, un día tras otro… lunes, martes, miércoles, jueves… qué más daba. Era igual. Un constante esperar… un doloroso ver pasar la noche y el día, siempre de color gris, pedazos de ceniza, jirones de alma rota.

Vino hasta la coqueta. El espejo. Se miró largamente. Los brazos largos caídos en derrota. El cabello escurrido feamente sobre el cuello, los ojos grandes, muertos, llenos de sombra.

—Georgina, ¿cómo estás? Cada día más muerta.

El diálogo con el espejo… con dolor, surgió como otras veces. Huyendo de la conversación corrió al hueco. Se agitó. La tos le vino seca y continua… se ahogaba, le faltaba aire. Se recostó del marco. Tosió y un pedazo de sangre le rompió la garganta. Se iba a retirar cuando le vio venir. Se agarró fuertemente a la cortina para no caer.

En la calle él. Alto, fuerte, con nieve en el pelo, roble, ¡hombre! El paso seguro del que ha andado mucho y el mismo cansancio y la misma costumbre y la misma rutina le hacen nacer cada día, ser nueva flor, planta verde.

Se detuvo y alzó la vista. Esperó la respuesta, una de las habituales: un leve movimiento de cortinas, una pequeña tos, nada más. Con esto se conformaba, con esto se querían. Entre ellos el silencio era conversación. Las miradas se entrecruzaban llenas de palabras calladas. El hombre debía ahogar la palabra. Hacerla morir en la garganta y que al llegar a la boca solo quedase en sonrisa.

Allí estaba él. En la espera, en la agonía. Aquel eterno ir, aquel eterno esperar. Volvió a mirar por milésima vez.

En la habitación Georgina se agitaba. No haría señal alguna. Le dejaría marchar. Le amaba tanto que le dejaría ir. El amor de lejos crece. En la ausencia surge imponente la presencia. La soledad es mentira. Cuatro años de cadenas. Nunca se había vuelto a ver desde la primera vez, pero se sentían, se acariciaban con el pensamiento, le crecían alas a ella y bajaba hasta él.

No esperó más. Siguió. Pasos vacilantes, lentos, de duda. Al llegar a la esquina se volvió. Luego se perdió entre la gente que reía y lloraba.

Georgina alzó las cortinas con cautela. Nunca se había ido así. Un miedo súbito la envolvió. Corrió a la puerta, la abrió. Bajó rápidamente dos, tres, cuatro escalones cuando oyó la voz gangosa de siempre.

—Sube.

Se detuvo. Se atrevió decir:

—Siquiera hoy.

—¡Sube! La voz la hirió. Asintió. El regreso. ¡Qué penoso el volver! La vida debía seguir, seguir sin volver. Volver nunca, siempre ir. Cruzó la sala y entró a la celda. Las cuatro paredes se sonrieron.

Se tiró a la cama boca arriba. Temblaba. No quería confesarse lo que estaba pensando.

La puerta se abrió y en el marco se dibujó un bulto negro.

—Me asombra que quisieras bajar. Ya habías renunciado a él. ¿Qué te pasa? ¿Piensas lo que dirá cuando te vea así? Estás más débil, casi muerta. Ya no te conozco.

—¿Qué importa que no me conozcas si ni siquiera me conozco yo? Hace tiempo que estoy buscándome y no me encuentro. Es más fácil encontrar una aguja en un pajar que encontrarse a sí mismo. A veces al enfrentarme con el espejo me dan ganas de gritar hasta morir. Pero qué hablo de morir si ni siquiera sé si estoy viva.

—Descansa. Estás agitada. Ya te mejorarás.

Nada más. El consuelo era tan cruel como la realidad. Las palabras de siempre, repetidas monótonamente: «descansa», «estás agitada», «ya te mejorarás».

Salió la sombra. Georgina se quedó en la cama medio dormida, sin esperanzas. Lloró, lloró y durmió.

Un nuevo día. Sol. Quimeras. Vivimos el hoy en la angustiosa espera del mañana. Siempre pensamos para después y el presente se convierte en pasado.

Georgina esperando nada. No volvería a pasar. Lo presentía, lo sabía. El día se escurrió sin que lo vieran. El sol se fue y vino la oscuridad al cuarto y a ella.

Fue rápida al espejo. Se dividió el pelo con la peinilla. Se quitó la bata. El cuerpo escuálido, desigual, tísico, fue cubierto con un traje de cuadros años atrás.

Abrió la puerta y comenzó a bajar.

—Sube.

Siguió.

—Sube.

Se detuvo, dudó… ¡siguió!

¡¡¡Subeeee!!! Llegó a la calle. El aire se burlaba de ella. Intentaba caminar pero no podía. El polvo, las casas, los árboles, los hombres, las hojas, todo daba vueltas a su alrededor como tiovivo de feria. Se cegó. Empezó a retroceder angustiada. El peso de los cuatro años de quietud le hizo temer.

Y regresó. ¡Cobarde!

Subió rápidamente la escalera y llegó al cuarto. Se dirigió a la ventana que era ahora ancha y llena de recuerdos. La respiración le faltaba. Sentía una sensación horrible de cansancio. La fatiga. Se recostó del marco de la ventana. Se agarró débilmente de las cortinas.

Poco a poco se fue quedando quieta... Algo se le escapaba lento. Un suspiro echó fuera lo que tenía dentro. Y se quedó vacía... solo cuerpo... sin alma, muerta.

El reloj dio un paseo de una vuelta. La voz de siempre.

—Georgina. Las paredes callaron. El luto.

—Georgina, ¿no me oyes?

Se abrió la puerta y apareció la sombra. En la ventana el cuerpo esperaba.

—Georgina, ¿no me oyes?

Se acercó. La miró. Comprendió. Un sollozo le vino cortante. Tenía corazón.

Se volvió hasta la puerta de la celda.

—No entre usted. Ya se fue. Ha llegado tarde.

—¿Demasiado después?

—¡No! Un poco tarde. Unos minutos tarde. ¡El tiempo!

El hombre salió de la cueva. El bulto negro comenzó a recoger la cama. En la ventana Georgina, el cuerpo, la estatua. La espera... la eterna espera.

(1957)

RETORNO
(Página para el recuerdo)

Es un lento apagarse de pisadas. La inquietud insistente parece martillar sobre mi mente. Sobre mi cama descansa una sombra seca. El cuarto se deshace con mi mirada torcida por el recuerdo. Tengo deseos de gritar hasta derribar las paredes, hasta paralizar el viento, hasta detener el curso de la sangre en mis venas. El sol me da exactamente al fondo de los ojos y me trae un ardor nuevo. El cuarto me parece un conjunto de nubes negras. Aún recuerdo la última vez y me sonrío. Es raro. Hacía tiempo que no sonreía. Los labios me parecen otros al abrirse para formar la sonrisa. Me siento solo, muy solo. Sin embargo no quiero dar paso a mis sentimientos. Prefiero obligarme a manifestar lo que quiero que crean los otros pero no lo que siento. Esto me sirve de coraza. Por fuera pretendo comprender, por dentro necesito ser comprendido.

Me fui al espejo. Una niebla azulosa envolvía mi imagen. Diez años… y después… diez años… diez… diez. El pelo blanco, blanco. No me conozco. Aquí esperando diez años. Diez años. No pude más. Descargué fuerte el puño. Los cristales cayeron destrozados. Me llevé las manos a los ojos. La sangre me empañó la mirada. En el piso el brillo extraño de cada vidrio formaba un mundo de soles. Me miré largo rato la nueva herida. Otra, otra más. Me escurrí sobre la cama como reptil herido, solo.

Hacía tiempo que estaba solo. Desde que se fue una tarde. Me había encerrado a esperar. Que no me llegara ninguna voz ajena. Sabía que no sentía nada por mí, que era feliz, que había sembrado. Pero a pesar de todo le esperaba. Es el amor que pasa. Para mí el de nosotros era un mundo siempreverde, un mundo abierto a toda transformación. Para ella el nosotros era un dolor de pájaros sin alas. Pero le esperaba.

La puerta se abrió. Doña Genara con las camisas limpias. Ni siquiera me volví. A pesar del tiempo sin oír pisadas en mi cuarto. El cuarto ahora emerge de una pesadilla. Detrás de mí hay alguien que no se mueve. La ventana adquiría mil formas ante mi vista extraviada. Sí, sí. Estaba allí. Lo sentía. No necesitaba ver. Estaba detrás de mí como una sombra más. Me dieron deseos de volverme, estrecharle en mis brazos, tejer una guirnalda de inocencia y caricias entre mi frente y la suya, hacerle un camino amarillo de luz para que lo andase bajo mi mirada. Pero no. Refrené otra vez todos mis impulsos. Como siempre. Estudié el más mínimo gesto, el más pequeño detalle y me volví lentamente.

Allí estaba. Nos miramos mucho rato.

—¿Qué hora es?

—La hora soñada.

Me salió la frase como un vuelo de palomas. La sentí desprenderse de mí como si fuese una paloma herida por el viento. Repetí mentalmente en un espacio de tiempo reducidísimo la frase: La hora soñada.

Me fui al borde de la cama. Me senté aparentemente tranquilo.

—Vente, apoya tu cabeza entre mis piernas.

Se sentó. Empecé a deshacerle el pelo en caricias mías.

Sentí miedo. No lo creía. Era casi absurdo. Estaba otra vez allí después de mucho tiempo. No detuve mi sentir. Me entregué sin pensar, como antes. Sin medir nada. Hacía tanto tiempo que se había ido. Uno, dos, tres años, qué sé yo. Yo le sentía escondida bajo mis uñas. Cuando se fue acepté mi soledad. Fue una aceptación con ganas de morirme. Lloré mucho por dentro. De ese llanto seco de hombre que no asoma a los ojos, pero que moja el interior. Como duele el dolor. Después me acostumbré no al olvido, pero sí al recuerdo. Mi vida se fue atrás.

—Eres tú.

—No, no soy yo, sino una voz mía que vive en ti.

—Quieres volver.

—Volver, volver, adónde.

—Al amor.

Siempre esperaba este momento. Encontrarnos al final, después de muchos tropiezos y caídas para fundirnos en un solo paso. El cansancio de aquellos diez años me hizo detenerme a pensar. Pero en lo íntimo crecía irrefrenablemente una espina amarga que me gritaba ahora, ahora. La palabra me cruzó la boca.

—Sí. Para qué hablar si tú siempre pudiste más. Más fuerte y más débil.

Nos tomamos las manos como antes pero de otra manera. Acaricié un rato sus dedos largos.

—He vivido demasiado poco.

Vivir, vivir, qué palabra tan grande.

—Qué tal.

Después de tanto tiempo qué tal.

—Nada nuevo.

La contestación me resultó graciosa. Al final del camino nada nos parece nuevo. Hay algo de tiempo vivido pero nada más. Es como un repetirse loco.

Ayer, mañana, siempre, ayer, mañana, siempre. Sin que se diera cuenta estudié su presencia. La dulzura y la tranquilidad de antes pero el rostro más hondo. El día que se fue se despidió con un adiós tan tranquilo que ni me di cuenta de su partida. Así había vuelto.

—Todo sigue igual. El sofá, las camas con los libros en medio, te acuerdas.

La palabra recuerdo es a veces amarga como en este momento… recuerdo que… recuerdas que… recuerda que.

Siempre recuerdo. Ya una nostalgia rara llegando.

—Si hubiéramos podido.

Pero no pudimos. A pesar del sueño no pudimos.

—Hay algo tuyo latente en mí siempre. Algo que me crece como una raíz rebelde, algo que me envuelve, algo que no logra borrar nada ni nadie.

La voz le salía trémula. Nos miramos. Otra vez aquel miedo a engaño se nos venía a los ojos pero esquivamos la mirada.

—Quiero quedarme contigo siempre.

Me solté rápidamente de sus brazos y comencé a sonreírme. Poco a poco fui sintiendo el desgarre de la risa por todo mi cuerpo. La sentía escapárseme de las venas de los brazos, de los ojos, de las piernas, del corazón, de la boca, de la garganta. Reír, reír antes que los otros. Tomar la delantera siempre hasta en la risa de mí mismo. Reír, reír. El cuarto se hizo una carcajada viva. Pasé mucho rato así. No sé cuánto pero mucho. El tiempo después de todo no importa sino cuando se vive. Y yo me había muerto.

(1959)

DESTIERRO

1

... El sonido suave que hizo al mecerse le sobresaltó. La luz amarillenta desplazó el sombraje nocturnal de la habitación que recibió quieta la leve claridad del cirio encendido. El humo se escapó hasta el techo dándole al pequeño espacio una totalidad gris y transparente de tiempo muerto, de tiempo hueco y detenido. Las telarañas cortineaban las ventanas cerradas. Las ventanas se veían frías, como si les faltase el aire que no conocían. Parecían ahogarse en su delgadez. La pintura verde, que en ellas era un recuerdo, se agrietaba por partes enseñando el interior magullado de la madera. El viejo piano en la esquina era una gigantesca lágrima. El polvo se había tragado el sonido fresco de sus teclas.

El piso arrendijado sostenía su cuerpo alto y cansado. Era hermoso. Con una hermosura apacible que la edad, con la serenidad y prestancia de una época ida, una época rota. Los brazos finos y largos, frágiles como cañas por fuera, sólidos como piedras por dentro, se doblaban graciosamente tomando una forma arqueada. Las líneas horizontales se perdían entre la redondez y la curvatura. La culera grande y cómoda resistía cualquier peso.

La angustia le fue apoderando poco a poco. Era libre sin serlo. Era una libertad horrible y mutilada. Años... años en agonía del encierro forzado, años sin caricias, años de destierro en el cuarto de atrás, más allá de los jardines, más allá de la gran cocina, más allá del mundo, creía.

Se meció. Midió el tamaño del cuarto y midió los otros habitantes. Callados. La vida transcurría en línea recta. Las únicas voces llegaban los días de juerga y fiesta grande. Se colaba entonces el grito soez de la multitud borracha y el ruido estridente y loco de la música moderna. ¡Tan distinto al de antes! Cuando el salón principal se hacía un palacio, con las damas y los oficiales y los valses y las espadas y el ruido suave y ondulante de los trajes de encaje, de seda, de puntillas, de cintas multicolores y el gorjeo risa de los abanicos al cerrarse y abrirse y el paso quedito de los criados negros.

Pero eso era antes de aquel horrible momento de la invasión grabado en dolor. Sentía aún las pisadas ensordecedoras. Esto le dolía. Si nunca hubiesen entrado, si nunca hubiesen existido… ni ellos… ni sus máquinas… ni sus instrumentos bélicos, ni su sentido de lo nuevo y moderno. Si el tiempo hubiera huido de ellos, si la vida les hubiera dado la espalda enfrentándoles a la muerte, si nada hubiera pasado, él estaría en su sitio de siempre. Pero no. La orden fue determinante: «fuera lo viejo». Y rompieron así las raíces del mundo que invadieron, rompieron las raíces de una tierra virgen. Rompieron un mundo maravilloso y lo hicieron un mundo de ellos, un mudo *okey*, un mundo *alone*.

Quién era entonces él… qué hacía allí, qué esperaba. Oyó un débil susurro salir de la telaraña: solo eres una voz mía que vive en ti. Era eso. Un recuerdo, un instante. Tuvo por primera vez realización plena de sí mismo. Era un ayer con olor a muertos.

Los días se le hacían pesados y largos. Entre días el hombre con cara famélica asomaba su arrugado rostro para decir esto, aquello, esto otro. Su dedo que era una astilla hacía las veces del destino; le temía.

Sabía que un día le señalaría y tendría que irse con la basura, con los desperdicios, con las sobras de la última fiesta en Fortaleza.

—Tan viejo.

Lo decía con lástima. No sabía por qué pero le tenían pena. La vejez era una excusa para sustituirle, para cambiarle.

¡Cambiarle!

La palabra era un latigazo en magnitud. Eso nunca. Prefería el destierro al cuarto último, la muerte antes que la entrega. Morir, desaparecer, hacerse aire, espuma, ceniza, saliva, polvo, nada, antes que entregarse. Se entregan los que no son ni sienten. Y él era un grito y una verdad.

—Qué ancho el tiempo ahora.

Revivió momentáneamente su vida de cosa. El ritmo grácil de un vals le hizo detenerse. No, no era realidad. Era un sueño acariciado siempre. Volver atrás lo caminado y detenerse en las mismas estancias que una vez fueron posadas. No podía ser.... Pero sí... era un vals. Comenzó a mecerse ligero llevado por la música fascinadora. El piano en la esquina había olvidado su extraño silencio y de sus teclas, relucientes de blanco, brotaban notas tan claras como el sol matinal o la leche de los pechos de las primerizas. A su alrededor todo se hizo una danza a la vida. Se meció más, más, hasta casi romper la claridad de la vela que seguía su peregrinaje lento. Le habían salido alas.

La gota de esperma cayó sobre la espalda dura trayéndole de nuevo al estrecho lugar. Empezó a detener su casi vuelo. Se fue quedando quieto… quieto. Ni se movía. La mancha blanca era una huella nueva. El cirio continuaba impávido su lento apagarse, marchaba encendido a la muerte. ¡Dolor de los cirios que viven cuando mueren! Los otros se deslizaban indiferentes por la habitación. ¡Siempre los más son indiferentes!

Miró largamente la luz. Era una intermitencia nacarina reflejada en la pared de enfrente. Qué mundo extraño la luz. Pequeño pero brillante. Qué ajena resulta a veces la claridad.

La cama vieja descansaba recostada a la pared. En la esquina el piano era la cruz del cementerio. Si por lo menos tocase un vals o una mazurka o el «doña Ana no está aquí que está en su vergel» para sentirse niño otra vez. Pero el piano no tenía voz y no podía tararear siquiera.

La puerta se abrió y le sacó de su abstracción aparencial.

—Llévense la de hierro.

Miró bajo la ventana. La cama azul, la de Luisa Montero, la llevaban lejos, a donde se echan las cosas deterioradas. La que acarició el rostro blanco de Luisa, que vio sus senos de caimito verde, la que abrazó los cuerpos de Luisa y el General, que fue cómplice en sus noches de placer íntimo. La cama que era un libro de estampas apolilladas se iba a convertir en tierra.

Salieron.

El portazo dividió otra vez los dos mundos.

La habitación se veía más vacía ahora, enlutada. Solo quedaban la mesa, el piano y él en la agonía. Pensó en el suicidio, en el escape inmediato. Con solo mecer rápido podría caer sobre el cirio y quemarse. La idea se le hizo agua hirviente. Se imagino un jacho inmenso, una lengua larga de candela. Se estremeció. La visión del fuego le resultó macabra. Se encogió casi para ahuyentar la sensación del quemado. Miró las cuatro paredes. No podía huir. Estaba reducido a un ámbito que parecía achicarse cada día más. Si pudiese irse a cualquier sala aunque no fuera en Fortaleza. Cualquier sitio… cualquier ahora. Se meció para sacudir el cansancio de lo no vivido.

La muerte de la vela hizo la oscuridad. Ahora solo un punto.

2

Las campanas de la Catedral le llegaban lejanas y opacas como risas niñas. El clamor de sus sones llenaba el aire de melancolía dulce, de una tristeza dulce, de una congoja dulce.

Otro día más. Cuántos iguales a este desde que llegó el otro chillón e insinuante. Su color escandaloso combinaba a maravillas con el carácter de sus dueños. Tenía una suavidad embriagadora, morbosa, que le daba un aire descarado, melifluo, afeminado; se transformaba de acuerdo a la ocasión como los hombres. Era *one hundred percent confort, one hundred percent quality, one hunbred percent beautiful.* No respetaron el peso de sus años. En su intento de transformarlo todo le guardaron como una reminiscencia, como un adiós paralizado.

La voz agrietada del destino cortó el aire.

—El piano y la mesa ahora. Mañana eso otro.

Lo otro era él. Nunca pensó que su hora final sería cuestión de minutos. No pensó que lo único sin tiempo es el tiempo y que todo se pasa.

El desastre estaba próximo. Pensó en la noche. A las siete encendían la vela. Se iría. La idea le corrió todo. Superar el obstáculo siempre, vencer, romper las cadenas y ser libre como gusano bajo la tierra o como polvo en el aire. Superar el obstáculo siempre. La frase le bailaba encima. Se iría, sí, entre los tules y pasacintas de Luisa Montero, entre los collares coralinos de su cuello de garza, entre los clarines de los invasores y la *Santa María*, *Pinta*, *Niña* del Gran Conquistador.

El día se hizo más largo como siempre que se espera.

3

La luz amarillenta desplazó el sombraje nocturnal. ¡Era la hora! Empezó despacio midiendo en cada movimiento la grandeza de su partida. Si los otros también se atrevieran a cortar hilos que detienen su crecimiento haciéndose pequeños de cuerpo y conciencia. Pero ninguno daba el primer paso y uno y todos se sumaban a la sumisión grande, a la cobardía total.

El piso se hundía bajo su mecida furiosa y violenta... más... más... más. Era un irse vertiginoso. La vela lanzaba un humo que formaba majaderías grises. Más... más... más. Alas naciéndole a la isla, escapando del mar como un paraíso flotante. Más... más...

Cayó violentamente. ¡Libre por fin! El fuego empezó a acariciar la madera de años sin atreverse a quemarle. Se veía transparente, con la transparencia de lo bueno y eterno. Los brazos comenzaron a colorearse. El ruido del fuego era una canción de libertad.

Poco a poco las llamas le fueron arropando con la ternura única de madre. Se fue convirtiendo en un río de candela. Un pedazo de espalda cayó primera hecho carbón. Luego otros pedazos cayeron deshechos. Brazos, espalda de siglos, consumidos en el fuego eterno del tiempo.

Las campanas de la catedral gritaban aves exhaustas que llamaban a paz y a gloria.

Los últimos tizones guiñaron tiernamente desde el suelo las altas arañas que trabajaban afanosas cubriéndolo todo.

Las cenizas del centenario llenaron la habitación como una carcajada callada. El aire las hizo caricias.

Tercer premio en el certamen de cuentos del Ateneo Puertorriqueño, 1958

(1959)

ESPUELAS

La tarde, desprovista de toda conciencia, estrella sus cuchillos sobre los rostros. Los hombres revuelcan sus instintos y gritan desesperados.

—Fisga, fisga.

Las voces se repiten en cada pecho, pechos inflados de cortadores de caña, pechos fuertes, velludos algunos, lampiños otros, pechos con cuello y corbata o al total descubierto para sofocar el calor. El calor de la tarde y los corazones. El corazón también calienta y enciende la cara y las venas y el pecho y la voz, el corazón enciende, antorcha en el alma, en la tarde de los gallos pintados, tarde de Forastero y Venganza. Los mancharones rojinegros van haciendo la huella eterna de la pelea.

—Fisga, fisga.

Ahora gritan por el otro, pero después les dolerá. Primo es un garabato en carne, en dolor calcado sobre la tierra, una luz que agoniza.

—Dale duro.

—Pícale el buche.

Los ojos de Primo, siempreabiertos, retratan un caudal de imágenes: Los gallos peleando, los hombres peleando, la tierra peleando. Y luego la tierra y otra vez los gallos. Al final los hombres. A ratos la tierra le parece verde para que todo crezca, pero luego se transforma en roja para que todo muera.

—Eche palante.

—¡Duro, duro, duro!

Un coro de gritos es el fondo para la riña y también para la batalla. Porque Primo va librando, entre el colorido salvaje del espuelaje, una batalla íntima, decisiva, de conciencia. *Venganza no me puede fallar.* Porque si fallara se derrumbaría el anhelo eterno, la idea que emergía fresca cada mañana: el criollo tiene cría para dar la pelea. *Venganza no puede perder.* La convicción plena total auténtica del hombre que vive pendiente al minuto que viene. *Venganza no debe fallar.* No, no debe. Pero el deber es otra cosa, ni siquiera trasciende tanto. *Si Venganza no fallase.* El miedo despertó el anuncio del minuto próximo. Porque lo realmente difícil era retar el futuro. El mañana tajante, que anuncia con romperle la cabeza al hoy, siempre hoy, o nunca hoy, estaba clavado en su mente.

—Veinte a Forastero.

—Veinte a Forastero.

—Veinte a Forastero.

El desfile interminable de los que apuestan. Plumas rojas, plumas negras, plumas amarillas, el desfile interminable de las plumas, carnaval irisado. Gallos jerezanos, cubanos, americanos, el desfile interminable de los gallos de afuera. El desfile incesante de dolores. El dolor le iba comiendo cada día, trayendo una bilis amarga, el dolor que despertaba fresco y con fuerza.

—¡Así, Forastero!

Días, instantes fugaces, días que forman años, años que acaban en seguida, las mismas cosas ayer, mañana, siempre, hoy, ayer, siempre. La voz de Pepo cada mañana repetida y rayada como un disco viejo. «No pongas un samuro en la valla. El criollo se amilana cuando le sacan un ojo. No tiene cría». *Lo más doloroso es no tener cría. Ser pobre no importa, pero faltarle cría es lo último.*

—Dale duro, que no tiene cría.

No tiene... no tiene cría... no... cría... tiene. La frase se desarticula en palabras y sílabas que le resultan huecas, sílabas capaces de mentir porque han perdido cualquier sentido.

—Al pecho, Forastero.

La garganta fogosa de Nico Ramos le devuelve a la gallera y le despierta a la realidad inmediata. Los labios se mueven, el corazón y el alma también, los ojos se abren, la voz se llena del sentimiento eterno.

—Duro, Venganza, como los machos, duro.

Porque solo la dureza desatará las manos. La gallera enciende por las cuatro esquinas como una candelaria. Forastero voltea insistentemente y Venganza tiende sus espuelas en la tierra amarilla. Venganza estira las patas y hace aguajes en el aire. Venganza, con sus charreteras de oro, ojos como luceros, cola vistosa, criao en la tierra, gallo de nacencia, ¡el único criollo de Pepo González que había ido al redondel!

—Júndele la espuela, júndesela.

El vocerío de hombres, coro desesperado, casi ataca a Venganza. *¿Por qué siempre se ataca al más débil?* Las manos en lo alto, banderines eufóricos, repitiendo desesperados.

—Tírale al buche, tírale al buche.

—Pícalo, pícalo.

Primo desprende el primer grito de alegría y la tierra chupa el borbotón de sangre. Forastero parece un rey de feria. Venganza, azorado por la falta de fe, *si tuviesen fe,* aletea a cada lado mientras echa por el pico una baba amarilla y gelatinosa. Las alas baten ruidosas. Los gallos se unen, pero cejan rápido.

—¡Plumas negras y blancas no mezclan!

Primo grita entusiasmado mientras se transforma indistintamente, hombre: corazón abierto, encendido; y niño: alas creciéndole al sueño.

—Hondo, Venganza, júndele la espuela.

—Clava hondo, hondo.

Como si la espuela fuese un cuchillo afilado que cavando hondo no tan solo en la carne, sino en el espacio, realizara una urgencia física.

—Mira el borbotón de sangre.

—La sangre derramá.

Todo gira en tonalidades rojas. Sol rojo, tiempo rojo, corazón rojo. La sangre por los cuerpos de los gallos, rojísima, tan roja que arde y salta a la vista.

—No afloje, mi hermano, que pa eso es macho.

Primo va bramando su angustia. Detrás de la palabra agoniza un hombre que quiere vivir, un hombre que quiere romper la barrera que ha levantado el tiempo. El tiempo volaba desesperado sin detenerse en los momentos. Y Primo se piensa joven, antes, aquel antes, pasado glorioso, *cualquier tiempo pasado fue mejor,* era joven. Luego la tierra madre se fue haciendo una huella ajena. Pasó tan de pronto que no tenía fecha. La hacienda del viejo, pasó a mano de Mr. John Smith. Aquella vez se alzó la columna de odios. Unos se arrimaron al de afuera, los otros se quedaron con el criollo.

—Forastero es el macho.

Nico Ramos, llevitrae de la hacienda, es el que grita mientras mira con el rabo del ojo a Primo. Primo lo cala y lo mira de frente, así, de hombre a hombre, o por lo menos como lo entiende él. *La cabeza alta* y *sin doblarse a nada.* La pelea de gallos es un silencio traspasado de voces roncas, extrañas, ardientes. Nico Ramos sigue la riña con el cigarro agarrado a un extremo de la boca.

—No hay quien puea, no hay quien puea.

Nico Ramos fue el que trajo la proposición.

> … —¿Qué se dice por aquí?
>
> Primo y Pepo se volvieron para saludarle. Pepo estrechó la mano de Nico. Primo se contentó con una leve inclinación de cabeza. Nico no era santo de su devoción. Había algo en el hombre que le hervía la sangre. Nico no se era fiel ni a sí mismo. Encendía la brasa entre los campesinos y luego se iba con el rabo entre las patas a menear el pico con Mr. John Smith.

—¿Qué te trae por aquí?...

—Júndele la espuela hasta que se le escurra la vida.

La vida podría precipitarse cuando el tiempo traiciona si el tiempo no fuese tiempo.

—... Estaba volteando las siembras y me tiré hasta acá.

—Usted sabe cómo soy yo con las amistades.

Primo desencajó una tosecita que no pasó desapercibida a Nico.

—¿Como van los gallos?...

—Venganza no ceja.

—Pues igual que siempre...

—Forastero tampoco.

—¿Buenas crías?

—Mejor que otras veces.

—Con to y con eso apostaría que no hay un solo criollo...

El sol está dando exactamente a la cola de Venganza. Los destellos rojizos tiemblan sobre el aire.

Primo sintió una brasa encenderse por el pecho y enfilarle al corazón. Nico siguió hablando.

—El gallo que más mea aquí es el de afuera.

—Todo lo que viene de afuera es mejor, verdad, aunque sea un fifí envuelto.

Nico sonrió socarrón y soltó lo que traía.

—Mr. John Smith quiere jugar a Forastero el domingo…

John Smith levanta sus brazos tendinosos y grita entusiasmado.

—No hay quien pueda.

Y los otros repiten al unísono:

—No hay quien pueda.

Porque ellos han cerrado los corazones no podrán. El miedo les ha atado las manos y el corazón y la conciencia.

… —Muerto quieres misa. Dile que sí. Tengo un jerezano que le zumba la manigueta. El domingo a las tres. Díselo a todo el mundo, Nico. Hay que hacer la jugada en grande.

Azulea tan brillante que duele. La tarde, dolorosamente soleada hace un fondo caliente, una tarde vulgar como cada momento que hiere la fe y tibia la duda.

—El Venganza está que corta.

Lo dijo suave como si echase a volar una paloma. Entornó lentamente los ojos hacia Pepo. Aquella mirada nacía en aquel momento, mezcla de súplica, dolor y exigencia.

—El gallo criollo es flojo en la riña. No voy a arriesgar mi fama de gallero. Mr. John Smith es americano y hay que darle lo mejor.

Sintió la palabra fea como un desprendimiento de su rencor envejecido. Y abrió la boca, pero el sonido no le vino, como si ya no fuese necesario hablar porque la palabra aunque era dura y estéril y seca no devolvería nada...

—Fisga, fisga.

—Sácale el buche.

—Sácale el ojo.

—La espuela por el pecho.

—Rómpele el ojo.

—El ojo es lo que importa.

—No ceje, mi hermano.

Los gallos saltan alborotados sacudiendo las plumas. *El gallo criollo tiene que aprender que la pelea no acaba ni con la muerte.*

—Fisga.

Triunfará. Era una convicción. *Es un pienso que no falla.* Era una obsesión desde aquella mañana en que el gallito Venganza saltó a la vida. Cuando lo vio resumió en un instante su vida futura: dedicación siempre... y luego dedicación, abonar la idea, superar el obstáculo siempre, siempre, siempre hasta vencer. El corazón afloró, la esperanza; *al fin el criollo vencerá.* Sería la línea de una pelea, de cada pelea, de todas las peleas. El criollo reinaría en la gallera, amo, señor, dueño. No lo dejaba ni a sol ni a sombra. Romero con yerbabuena, corte de plumas, agua, raspe total en las patas. Nadie se percataba, pero era un renacimiento, un despuntar a una visión de años. Y el hombre *se* hizo antorcha de fe. *Vencerá. Los que no lo creen llevan la bulla por dentro. Hoy son gallos, luego serán hombres, después la tierra misma se hará una palabra extraña.*

—Fuerza, carijo, que los machos son fuertes.

El aliento de los hombres se desborda en jadeo sobre el redondel. Primo empieza a mirarles como a un todo, ya no piensa en el cada uno allí sentado sino en un cuerpo con mil cabezas. Le parecen sombras largas. *Cabezas redondas o círculos huecos con dos ojos, una nariz y una boca.* No les ve. Oye sus voces, pero no les ve, siente su aliento pero no les ve, es una sensación tranquila de pasmosa soledad. Pero soledad distinta, alfilerada de voces y sombras. Gritan, pero no les ve… nada… nada. Las voces comienzan a confundirse en un torbellino de gritos… *veinte al Venganza… veinte al Venganza… veinte al Venganza… el gallo de Primo… macho entre machos… y desde ahora podrás poner los criollos porque saben dar la pelea y Mr. John Smith deja la hacienda que fue del viejo, y los gallos criollos.*

(1960)